KB098572

70일간의 마음공부

70일간의 마음공부

―

천년 동안 마음에서 마음으로 전해진 이야기

송석구 · 김장경 지음

싱긋

중독에서 벗어나
마음공부로

현대 사회는 점점 더 복잡해지고, 정보통신 기술의 발달과 함께 정보량이 엄청나게 늘어났다. 그런 변화와 맞물려, 태어나서 죽는 날까지 서로 비교하고 경쟁하는 일은 더없이 치열해지고 있다. 이런 상황에서 복지나 사회안전망이 선진국에 비해 아직 미비한 한국은 한 번의 실패가 깊은 나락으로 이어지기 쉬워, 남녀노소를 불문하고 대부분이 극도의 긴장감 속에서 하루하루를 힘겹게 살아가고 있다.

이러한 괴로움을 달래기 위해 아이들은 스마트폰이나 게임으로, 어른들은 술과 쇼핑이나 텔레비전, 혹은 사회관계망 서비스(SNS)를 통한 관계 중독에 빠져 현실에서 잠시 도피하고 망각하면서 버텨가고 있다. 물론 건전한 취미 생활이나 독서, 문화생활 등으로 해소하는 경우도 있지만 그나마 여유가 있는 사람들이고, 대개는 무언가에 중독되어 있다. 그리고 이 모든 것이 병적인 상태이며, 근본적 해결책을 찾기가 쉽지 않다.

서로 치열하게 싸워야 하고 이긴 자가 모든 것을 갖는 구조는 좀처럼 개선될 기미가 보이지 않기 때문에, 우선 숨을 고르고 마음을 다스리는 공부를 하는 것이 그나마 지금 찾을 수 있는 최고의 방책이다. 중독은 나 자신을 정신적으로나 육체적으로 더욱 피폐하게 만들어 상황을 점점 더 어렵게 몰아가기 때문이다.

지금은 당장 중독된 것들에서 한 발 물러나서 스스로 마음을 다독이고 추슬러서 나 자신부터 건강하게 살아나갈 힘을 얻는 것이 무엇보다 중요한 시기다. 마음은 그림을 그리는 화가와 같다. 여러 가지 형상과 고락, 행불행을 그려낸다. 그래서 자신의 마음을 제대로 들여다보고 건강하게 바꾸는 사람이 많아지면 자연스럽게 서로 다투기보다는 협력하고 공존하는 방법들을 찾아낼 수 있을지도 모른다. 이 책에 담긴 불교에 대한 나의 믿음과 자비, 그리고 보살의 실천을 중심으로 한 철학의 줄기가 독자 여러분들에게 힘든 삶을 헤쳐나갈 수 있는 휴식과 지혜가 되기를 바란다.

2016년 11월
송석구

지식의 변화가 아닌
마음의 변화를 꿈꾸며

마음공부에는 다양한 길이 있을 것이다. 이 책은 그중에서도 불교철학을 통해서 마음을 공부하는 책이다. 각각의 방법들마다 장단점이 있겠지만, 불교철학 역시 기원전부터 마음에 대해서 오랫동안 고민하고 연구한 유구한 역사가 있다. 따라서 그만큼이나 깊이 있고 실용적인 개념과 내용들이 있다. 다만 그 방대한 내용을 정리하면서 좀더 쉽고 재미있게 마음에 대한 선인들의 지혜를 전달할 수 있는 방법이 뭘까에 대해서 깊이 고민했다.

일반인들이 불교를 종교가 아닌 철학으로 다가가면 배울 수 있는 지혜가 많건만, 난해한 개념이나 생소한 용어들이 많아 어렵게 느껴질 수 있고 편견 탓에 쉽게 접하기 힘든 것이 현실이다. 그러면서 아예 벽을 세우거나 겉돌다 그만두는 것이 안타까웠다.

고민 끝에 이 책에서는 송석구 교수님의 강의를 기저로 한 불교철학과 여러 경전에 나와 있는 옛날 이야기를 결합시켰다. 이런저런 이야기를 차용한 대표적인 경전은 『백유경』이다. 이 경전은 5세기경 인도의 승려 상가세나가 지었고 그의 제자 구나브릿디가 서기 492년에 한역(漢譯)한 것이다. 이 책에서 별도의 출처 표시가 없는 옛날이야기들은 이 『백유경』에 담긴 설화를 철학과 글의 흐름에 맞게 현대적인 말로 다소 각색한 것이다. 간혹 원문에 딸린 해석을 인용하기도 했다. 그 외에도 다양한 경전의 설화, 일화를 불교철학과 관련지어 모두가 쉽게 읽을 수 있도록 했다.

흥미로운 이야기와 진지한 불교철학이 함께 어우러져 있는 이 책이 일상의 괴로움과 번뇌에서 벗어나 자유로운 여행자처럼 살아가는 대자유인의 마음을 얻고자 하는 독자들에게 적잖은 도움이 될 것이라 믿는다.

끝으로 이 책을 읽는 모든 이들이 문자를 통한 지식의 변화가 아닌 마음의 변화를 얻기 바란다. 이 책에 담긴 붓다의 지혜가 독자들의 마음에 고스란히 전달되어 마음 깊숙한 곳에서부터 삶을 바꾸는 변화를 일으키기 바란다.

2016년 11월
김장경

차례

첫째 풍경
욕망과 허상

둘째 풍경
지혜의 선물

셋째 풍경
번뇌의 거울

넷째 풍경
깨달음과 수행

첫째 풍경

욕망과
허상

어딘가에 집착하고 연연하는 마음으로는

걸림 없는 자유를 얻을 수 없는 것이다.

마음의 본 자리, 본성을 찾는 것으로

우리는 변하지 않는 마음의 안정과 자유를 얻을 수 있다.

꿀맛에 취한 사람

— 쾌락에 빠져 위험을 망각하다

어떤 사람이 넓은 들판을 가로질러 가고 있었다. 그때 갑자기 사방에서 거센 불길이 일어났다. 어디로 피해야 할지 몰라 난감한데 성난 코끼리 한 마리가 그에게 달려오고 있는 것이 보였다. 그래서 무작정 언덕 아래로 내려가 우물가의 칡넝쿨을 붙잡고 매달렸다.

동굴 같은 우물 안으로 들어가려 하자, 이무기 세 마리가 입을 벌린 채 버티고 있었다. 벽에는 독사 네 마리가 붙어서 혀를 날름거리고 있었다. 올라가지도 내려가지도 못하고 칡넝쿨을 붙잡고 있어야만 했다. 시간이 흐를수록 팔에 힘이 빠지는데 설상가상으로 칡넝쿨 뿌리를 흰 쥐와 검은 쥐가 번갈아가며 갉아먹고 있는 것이 아닌가.

이제 죽었구나 하는 순간 어디선가 달콤한 향기가 났다. 언덕의 나무 위에 지어진 벌집에서 꿀이 칡넝쿨을 따라 흘러내리고 있었던 것이다. 뛰어다니느라 갈증과 허기에 시달리던 이 사람은 꿀을 먹기 위해서 온 힘을 쏟았다. 그러다 이내 꿀맛에 취해 자신에게 닥친 지독한 괴로움과 죽음이 코앞이라는 사실을 망각하고 말았다.

이 이야기의 원제는 '안수정등(岸樹井藤)'이다. 안수는 낭떠러지 언덕에 서 있는 나무라는 뜻이고, 정등은 우물가의 등나무를 말한다. 인간의 위태로운 몸과 불안한 생명줄을 의미한다. 이 이야기는 다양하게 변형되어 전해지고 있어서 출처도 제각각인데, 일반적으로는 『불설비유경』이라는 경전에서 유래했다고 한다.

여기서 불길은 욕망의 불길을 말한다. 코끼리는 그 욕망으로 인해 겪는 어려움이며, 우물은 우리가 안전하다고 믿고 의지하는 세속적인 권력과 인간관계, 재물을 말한다. 세 마리의 이무기는 탐욕과 분노와 어리석음을 의미하는 탐진치 즉 삼독을 말한다. 네 마리의 독사는 우리 몸을 이루고 있는 지수화풍 즉 사대를 의미한다. 칡넝쿨은 목숨을, 흰 쥐와 검은 쥐는 밤낮을 의미하며, 꿀은 감각적인 쾌락을 말한다.

우리는 온갖 욕망으로 고통을 받고 있으면서도 자신이 괴로움을 겪고 있다는 사실 자체마저 망각하고 있다. 그리고 세속은 나를 안전하게 보호해준다고 착각한다. 밤낮으로 세월이 흘러 언제 황천길로 떠날지 모르는 채, 깨달음의 마음공부와 수행을 통해 대자유를 얻을 생각은 못하고 한 방울 꿀 같은 감각의 쾌락에만 취해서 하루하루를 허비하고 있는 것이다.

다섯 상인

— 감각의 노예로 사는 사람들

옛날에 상인 다섯이 돈을 모아 계집종을 샀다. 그중 한 사람이 그녀에게 말했다.

"내 옷이 더러우니 당장 빨래를 해다오."

조금 후에 다른 상인이 와서 말했다.

"내 옷도 빨아다오."

그러자 계집종은 난색을 표했다.

"지금은 저분 옷을 빨아드려야 합니다."

상인은 화를 내며 그녀를 때렸다.

"나도 저 사람처럼 돈을 냈는데 왜 저 사람 옷만 빨아주느냐?"

그러자 다른 상인들도 그녀를 때리기 시작했다.

여기서 매 맞는 계집종은 우리의 마음을 말한다. 다섯 상인은 오감에 해당한다. 색의 주인, 소리의 주인, 향기의 주인, 맛의 주인, 촉감의 주인, 이 다섯 주인이 쉬지 않고 자신의 욕망을 채우기 위해서 우리를 괴롭히고, 일을 시키고 번뇌하게 만든다. 계집종인 우리의 마음은 매 맞고 노동하느라 지쳐버렸다.

더 안타까운 것은 우리 스스로 마음이 그렇게 매 순간 힘겹게 시달리고 있다는 사실조차 잘 모르고 있다는 것이다. 불교철학에서는 이 오감을 다른 의식 앞에 나오는 다섯 가지 의식이라 해서 전오식(前五識) 혹은 그냥 오식(五識)이라고 한다. 우리 자신이 이 전오식의 굴레에서 벗어나 삶의 주인으로 살 수 있도록 해야 할 것이다.

최초의 불교경전이라고 하는 『숫타니파타』에는 이런 이야기가 나온다.

"세상 사람들을 괴로움에 빠뜨리는 집착이란 무엇입니까? 거기서 벗어나는 길을 말씀해주십시오. 어떻게 하면 집착과 괴로움에서 벗어날 수 있습니까?"

"세상에는 다섯 가지 욕망의 대상이 있고, 그 욕망이 의지하는 대상이 여섯째 의식(意識, 우리가 일반적으로 말하는 의식)인 육식(六識)이다. 그 여섯 가지 육근(六根, 여섯 가지 마음의 뿌리)에 대한 탐욕에서 벗어날 때 곧 괴로움에서 벗어나리라."

이 가운데 전오식은 주로 먹고 마시고 느끼는 말초적 감각이나 쾌락과 관련이 있다. 우리는 단순하지만 직접적인 이 감각적 쾌락을 만족시키기 위해서 기꺼이 노예가 되어 고통받는 삶을 산다. 우리는 마음공부를 통해 마음의 근본자리를 찾아서 주인의 자리를 회복하고 이 육근을 우리의 주인이 아닌 신하의 자리로 되돌려놓아야 할 것이다.

비파를 연주하는 아이
— 단지 귀를 즐겁게 하는 것

옛날 어떤 나라에 비파를 아주 잘 타는 아이가 있었다. 왕은 그 아이를 불러 약속했다.

"내 앞에서 네가 할 수 있는 가장 뛰어난 연주를 해보거라. 그러면 천 냥을 주겠다."

세상에서 처음 들어본 아름다운 선율의 연주가 시작되었고 마침내 끝났다.

아이는 돈을 받으려고 기다렸지만 웬일인지 왕은 돈을 줄 생각을 하지 않았다.

"네가 아까 음악을 연주했지만 그것은 오직 내 귀만 즐겁게 했을 뿐이다. 내가 너에게 돈을 주겠다고 한 것도 그저 네 귀만 즐겁게 한 것뿐이다."

우리가 빠져 있는 쾌락이 물론 세상살이의 즐거움으로 여겨질 수 있다. 하지만 이 전오식은 우리의 감각들을 잠시 즐겁게 할 뿐 절대적인 마음의 평화를 가져다주지는 않는다. 절대적인 마음의 평화를 찾은 뒤라야 이런 감각적인 즐거움도 의미가 있는 것이 아닐까? 전오식의 주인이 되어야지 노예가 되어서는 곤란하다.

상가세나는 세상의 즐거움도 이와 마찬가지라는 해석을 내린다. 우리가 즐겁다고 느끼는 것은 영원하지 않다. 그것은 오식인 감각이나 육식인 의식을 잠시 자극하는 것일 뿐이다. 그리고 그 자극이 사라지면 허무해지거나 그것이 없는 결핍감으로 인해서 혹은 그것이 너무 넘쳐서 고통스러워진다. 세상의 그런 즐거움에 너무 연연해서는 제대로 된 마음공부를 할 수 없다. 어딘가에 집착하고 연연하는 마음으로는 걸림 없는 자유를 얻을 수 없는 것이다. 마음의 본 자리, 본성을 찾는 것으로 우리는 변하지 않는 마음의 안정과 자유를 얻을 수 있다.

다음은 중국의 『열녀전』에 나오는 이야기다. 왕이 시골에 묻혀 사는 어느 선비의 인품이 훌륭하다는 이야기를 듣고 벼슬을 내리려 하였다. 그 말을 듣고 선비는 부인과 상의했다. 부인은 그 말을 듣고 이렇게 말했다.

"네 마리 말이 끄는 마차를 탄다고 해도 제가 앉을 수 있는 자리는 허리 넓이에 불과합니다. 산더미 같은 산해진미가 있다고 해도 제가 맛있게 먹을 수 있는 음식은 한정되어 있습니다. 힘들여 고생하고 출세하기보다는 밭을 갈고 틈틈이 책을 읽고 가야금을 타면서 마음 편하게 생활하는 지금이 훨씬 더 낫습니다."

선비는 그 말이 실로 옳다 하고 벼슬을 하지 않았다. 우리가 욕망하는 것, 우리가 빠져 있는 쾌락은 단지 감각을 부분적으로 즐겁게 하는 것일 뿐, 영속적인 평화와 행복을 가져다주지는 않는다.

두 아내와 눈
— 어느 하나도 놓칠 수 없는 욕망

옛날 어떤 남자에게 두 아내가 있었다. 두 사람은 각기 다른 매력을 가지고 있었기 때문에 남자는 한 사람도 놓칠 수가 없었다. 그런데 한 아내를 가까이하면 다른 아내가 싫어하고 화를 내서 늘 곤란을 겪었다.

심지어 밤에 잠자리에 들 때면 반드시 두 사람의 중간에서 잠을 자기로 약속했다. 그러던 어느 날 큰비로 지붕이 뚫려서 물과 흙이 한꺼번에 그의 눈에 쏟아졌다. 그러나 그는 두 아내에게 한 약속 때문에 피하지 못하고 마침내 실명하고 말았다.

욕망에만 집착하면 지혜가 흐려진다. 지혜가 흐려지면 삶이 망가지니, 가장 먼저 쾌락의 근거인 감각기관들이 상하고 말 것이다. 그때는 자신의 삶이 어리석었다고 후회해도 이미 소용없는 일이다.

쾌락에 집착하면 문제의 본질을 놓치게 된다. 요즘 들어 음식을 먹는 방송이 크게 유행이다. 마치 현실의 온갖 괴로움을 먹는 것으로 잊게 하라고 국가에서 지침이라도 내린 듯하다. 치열한 경쟁 시대에 남들과의 소비 격차로 생기는 불만을, 그나마 쉽게 접할 수 있는 음식으로라도 해소하려는 듯하다. 하지만 그런 방송을 보고 있으면 오로지 미각이라는 쾌락 하나로 많은 욕구 불만을 잠재우고, 근본적인 문제로부터 도망치려는 몸부림 같아서 씁쓸하다.

미식의 즐거움이 지나고 나면 남는 것은 불어난 몸과 망가진 건강과 부조리하고 허탈한 현실로 다시 돌아오는 길밖에 없을 것이다. 문제와 대면하지 않으면 아무것도 해결되지 않는다. 문제 풀기를 미뤄놓은 대가는 불안의 지속일 뿐이기 때문이다.

이 이야기의 주인공처럼 삶의 쾌락 속에서 이러지도 저러지도 못하고 모든 것을 취하려다 지혜의 눈을 잃어버리는 경우가 허다하다. 어느 하나도 놓칠 수 없는 탐욕으로 인해서 지혜가 흐려지는 것이다. 눈을 가지고 있다고 해서 모두 다 같은 눈을 가진 것이 아니다. 제3의 눈이라는 것이 있다. 어느 한쪽에 치우치지 않는 현명한 사유를 말한다.

우리가 누군가를 보고 총명하다고 할 적에, 총명이라는 말을 살펴보면 총(聰)은 귀 밝을 총 자이고, 명(明)은 눈 밝을 명 자다. 매는 사람보다 멀리 보고, 박쥐는 사람보다 잘 듣는다. 하지만 그들을 총명하다고 하지는 않는다. 지혜가 있어야 제대로 보고 제대로 들을 수 있다. 욕망에 집착하면 지혜의 눈도 잃고, 그로 인해서 내 몸인 신체기관도 병들게 될 것이다.

화려한 연극무대

— 욕망의 문에 얽매이다

어느 대단한 부잣집 주인이 먼길을 떠나게 되었다. 떠나기 전에 주인은 머슴에게 긴요한 임무를 맡겼다.

"너는 내가 돌아올 때까지 대문을 잘 지키고 나귀와 밧줄을 잘 살펴라."

머슴은 반드시 그렇게 하겠다고 대답했다. 그런데 주인이 집을 비운 후 마을에서 잔치가 벌어져서 거창한 연극무대가 펼쳐졌다.

머슴은 연극이 보고 싶어 안달이 났다. 그래서 당나귀 등에 대문을 밧줄로 묶어놓고는 잔치가 벌어진 마을 장터로 가서 잔치와 연극을 실컷 즐겼다.

머슴이 집에 돌아와보니 도둑이 들어 집안의 재물을 모두 훔쳐가버렸다.

주인이 집에 돌아와 물었다.

"재물은 모두 어디로 갔느냐?"

"재물은 모르겠습니다. 주인어른께서 이르신 대문과 밧줄과 나귀는 잘 지켰습니다."

"문을 잘 지키라고 한 것은 재물 때문인데, 보잘것없는 대문만 남기고 재물은 모두 잃어버렸구나."

말로는 욕망을 다스리고 있다고 해도 실제 관심은 감각의 즐거움을 향하고 있어서는 우리의 삶을 올바른 방향으로 인도할 수 없다.

이 이야기에서 지켜야 하는 가장 귀중한 재산은 본마음, 본성이다. 여기서 대문은 안이비설신의(眼耳鼻舌身意, 눈, 귀, 코, 혀, 몸, 뜻)에 해당하는 육근(六根)을, 당나귀는 색성향미촉법(色聲香味觸法, 색깔, 소리, 향기, 맛, 촉감, 생각)의 여섯 가지 마음의 경계를, 밧줄은 마음을 잘 닦기 위해서 지켜야 하는 계율을 말한다.

육근과 여섯 가지 경계를 살피고 계율을 지키는 것은 오직 본성을 지키기 위해서다. 육근을 바른 마음과는 먼 욕망의 장소로 인도하면서 마음을 지킬 수는 없는 일이다. 또한 겉으로는 앉아서 도를 닦고 계율을 지키지만 마음은 무명과 애욕과 육근의 노예가 되면 어떻게 가장 귀중한 재산인 마음의 본성을 지킬 수 있겠는가?

부자의 닭고기
─ 아귀들의 세상

옛날 어느 대궐 같은 집에 살던 부자가 재물에 대한 집착이 대단하여, 남에게 베푸는 것은 물론이거니와 자신이 쓰는 것마저 아까워했다. 옆집에는 가난한 노인이 살았다. 그런데 친한 사람들이 많아서 늘 손님이 끊이지 않았고, 날마다 고기를 먹었다.

이를 지켜보던 인색한 부자는 문득 깨달은 바가 있었다.

'나는 어마어마한 부자인데도 저 가난한 노인네보다 못하구나.'

그는 닭 한 마리를 잡아서 아무도 없는 곳으로 가 몰래 식사를 했다. 그런데 제석천왕(帝釋天王, 힌두교에서 비와 천둥을 다스리는 신, 불교에서는 불법을 수호하는 신)이 굶주린 개로 변신하여 다가와서는 음식을 구걸했다.

부자는 음식을 주지 않으려고 이렇게 말했다.

"공중에 거꾸로 매달리면 주겠노라."

개는 즉시 공중에 매달렸다.

"눈알을 땅바닥에 뽑아놓으면 주겠노라."

역시 눈알이 빠져 땅에 떨어졌다.

부자는 그 모습을 보고 아무 말이 없이 다른 곳으로 몸을 피해버렸다.

제석천왕은 개의 모습에서 부자의 모습으로 다시 변신하여 집으로 먼저 들어가 하인에게 말했다.

"나를 위장하여 이 집 주인이라고 하는 자가 곧 찾아올 것이다. 그 녀석이 찾아오거든 때려서 쫓아버려라."

닭고기를 실컷 먹고 들어온 부자는 자기집에서 쫓겨났고, 제석천왕은 부자가 가진 재산을 모두 가난한 사람들에게 나눠주고 말았다. 결국 제정신이 아닌 채로 미쳐서 돌아다니는 부자에게 제석천왕이 말했다.

"재물이 많으면 걱정도 많다. 재물을 쌓아놓고 먹지도 나눠주지도 않으면, 죽어서 아귀가 되어 의식이 부족할 것이요, 아귀가 되지 않더라도 천한 자가 되어 고통을 겪을 것이다. 너는 죽음이 다가오는 것도 모른 채 부자이면서도 제대로 먹지도 않고 베풀 줄도 모르니 어리석지 않으냐."

이 이야기는 『구잡비유경』에 실려 있다. 이 책은 3세기 중엽 인도 출신의 승려가 번역한 경전으로, 붓다와 그 제자들의 전생에 관한 이야기가 담겨 있다.

이 이야기에는 아귀지옥이라는 말이 등장한다. 아귀는 범어 프레타(preta)를 번역한 말이다. 인간이 죽으면 업에 의해서 여섯 곳으로 각기 모인다고 해서 육취(聚, 모일 취)라고 한다. 그 육취는 천도, 인도, 아수라, 축생, 아귀, 지옥이다. 이 육취는 천도에서 지옥으로 갈수록 더 고통스럽다. 아귀는 지옥 다음으로 고통스러운 곳으로, 고름이나 오물조차 마시지 못해 늘 허기와 갈증에 시달린다.

아귀지옥에 대해서는 다음과 같은 이야기가 있다.

어떤 사람이 아귀지옥에 간 적이 있다. 그곳에는 눈이 퀭하고, 깡마른 몸에 허기로 위장에 탈이나 아랫배만 볼록한 아귀들이 득실거렸다. 놀라운 것은 그들 눈앞에 진수성찬이 차려져 있는 것이다. 그런데 왜 그렇게 비쩍 말랐을까?

그들의 수저에 비밀이 있었다. 그들의 수저는 아주 길어서 석 자나 되었다. 그러니까 1미터에 가까운 기다란 수저였다. 그래서 그 수저로 음식을 먹으려니까 음식을 입에다 넣을 수가 없었다. 물론 손으로는 먹지 못하게 감시하는 도깨비들이 있었다. 이들이 배불리 먹을 수 있는 방법은 간단했다. 바로 그 긴 수저로 서로의 입에다 먹여주면 되는 것이었다. 하지만 아귀들은 굶어죽는 한이 있어도 그런 생각은 하지 못했다.

　욕심에 사로잡혀서 살면 굳이 윤회를 이야기하지 않아도, 죽어서 삼악도로 떨어지지 않아도 현실에서 축생(짐승), 아수라(마귀), 아귀처럼 사는 길만 남아 있다. 우리는 욕망에 사로잡힌 채 아귀들의 세상에 살아서는 안 될 것이다.

길잡이와 그 친구들
— 욕망이 길잡이를 죽이다

옛날 어떤 상인들이 먼 바다로 항해를 떠나게 되었다. 항해를 하기 위해서는 바닷길을 잘 아는 길잡이가 필요했다. 어렵게 길잡이를 구해서 드디어 바다로 떠났다. 항해하는 도중 지쳐서 한 섬에 상륙해 쉬게 되었는데, 그곳에는 제사장이 있었다.

천신을 모시며 제사를 지내는 그는, 사람을 죽여 천신에게 제사지내지 않으면 무사히 항해할 수 없을 것이라고 상인들을 윽박질렀다.

이 이야기를 듣고 상인들은 깊은 고민에 빠져 의논을 했다.

"우리는 모두 서로 친한 친구 사이다. 어떻게 친구를 죽일 수 있겠는가? 제물로 바치기에 적당한 사람은 저 길잡이밖에 없다."

결국 상인들은 길잡이를 죽여 제사를 지냈다. 그러나 제사가 끝난 후 바다로 나선 상인들은 어디로 가야 할지 몰랐다. 상인들은 엉뚱한 길을 헤맨 끝에 지치고 풍랑을 만나 모두 물에 빠져 죽고 말았다.

우리 삶을 이끌어가는 주인공은 우리 자신이 되어야지 감각의 쾌락이 되어서는 안 된다. 그것은 종내에는 우리 삶을 큰 곤란에 빠뜨릴 것이다.

여기서 상인들은 바로 오감에 해당하는 오식을 말한다. 우리의 욕망도 이 상인들과 마찬가지다. 오식이 모두 우리와 얼마나 가까운 친구인가? 친한 친구 사이인데 이들을 어찌 한 사람이라도 포기할 수 있겠는가? 우리의 길잡이인 바른 깨달음의 길, 깨어 있는 정신을 죽이는 길밖에 없는 것이다. 그리고 그런 선택이 우리를 영영 미혹에 빠뜨린다.

달라이 라마의 말처럼 쾌락의 끝에는 고통밖에 없다. 시골의사 박경철 원장의 말처럼, 쉽게 얻어지는 즐거움치고 우리를 망치지 않는 것은 없다. 욕망의 즐거움에 빠져 길잡이를 죽이는 우를 범해서는 안 될 것이다.

양치기의 아내

— 우리가 구하려는 것의 허상

한 마을에 양을 치는 사람이 있었다. 그는 대단한 부자여서 양이 수백 마리나 되었다. 하지만 인색하기 짝이 없어 남들에게 베풀 줄을 몰랐다.

그러다 어느 간교한 상인이 소문을 듣고 그를 찾아왔다. 오랫동안 친분을 쌓은 후 상인이 말했다.

"당신과 나는 형제나 다름없으니 아주 예쁜 여자를 소개해주고 싶소. 그 사람을 아내로 맞이해서 행복한 여생을 보내시오."

이 말을 듣고 양치기는 매우 기뻐하며 상인에게 많은 재물과 양을 주었다.

그리고 상인은 다시 몇 달 뒤에 찾아와 말했다.

"당신의 아내가 오늘 아들을 낳았소."

양치기는 아직 아내도 얻지 못했는데, 그저 자신의 아내가 아들을 낳았다는 말에만 기쁜 나머지 다시 그에게 많은 양과 큰 재물을 주었다.

다시 얼마 후에 그 상인이 찾아와 양치기에게 말했다.

"당신의 아들이 태어난 지 얼마 지나지 않아 죽었다오. 당신의 아내도 따라 죽었어."

양치기는 그 말을 듣고 크게 상심하며 흐느껴 울었다.

우리가 살면서 구하려는 많은 것들이 이처럼 실체가 없는 허상인 경우가 많다. 양을 치는 사람은 실체가 없는 아내와 자식 때문에 자신이 공들여 모은 재물을 허비하고 또 괴로워한다. 우리의 마음도 마찬가지다. 실체가 없는 쾌락과 향락에 빠져 우리 자신의 마음을 허비하고 괴로워한다. 오감을 즐겁게 하고 육식인 의식을 만족시키기 위해 갖은 애를 쓰고, 또 그것을 잃어버릴까봐 전전긍긍한다. 그것이 사라지면 크게 좌절하고, 자신의 모든 것을 잃은 것처럼 괴로워한다.

남을 위해 공덕을 쌓고 자신의 마음을 깨닫는 일에는 소극적이면서 헛되이 사라져버릴 향락에만 인생을 낭비하고 그로 인해 온갖 수고와 괴로움을 겪는 것이다. 또한 아직 현실화되지 않은 실체도 없는 두려움 때문에 미리 망설이고 걱정하며 세월을 허비하기도 한다. 우리는 이 어리석은 양치기의 이야기를 타산지석으로 삼아 실체가 있는 것, 내 마음의 진짜 주인을 찾아서 떠나야 한다.

중국 춘추전국시대에 양주(楊朱)라는 사람이 있었다. 그는 노자에게서 배운 것으로 전해지는데, 노자와는 다른 자신만의 독특한 도가철학을 정립한 사람이다.

양주는 사람들이 평안한 삶을 살지 못하는 것은 네 가지 때문이라고 했다.

그 네 가지는 수명, 명예, 지위, 재물이다. 사람들이 이 네 가지에 연연하기 때문에 본성을 잃고 고통을 받는다는 것이다. 그는 이 네 가지에 대해서 이렇게 말했다.

"이 네 가지는 사람을 죽일 수도 있고 살릴 수도 있으니, 그의 생명을 다루는 것은 외부의 힘이다. 천지의 이치를 거스르지 않는데 어찌 장수를 부러워하겠는가? 귀함을 자랑하지 않는데 어찌 명예를 부러워하겠는가? 권력을 추구하지 않는데 어찌 지위를 부러워하겠는가? 부유함을 갈망하지 않는데 어찌 재물을 부러워하겠는가? 이러한 사람이 자연의 본성을 따르는 사람이다. 이런 사람은 천하에 대적할 자가 없고, 그의 생명을 다루는 것은 외부가 아니라 내부에 있는 것이다."

세속적인 욕망에 연연하지 않고 자연의 본성을 따르는 사람은 두려울 것이 없다는 말이다.

우리가 걸림이 없는 자유로운 삶을 살기 위해서는 먼저 우리가 구하는 것들이 실체가 없는 공(空)한 것임을 먼저 알아야 한다.

내가 구하는 것이 실체가 없는 이유는 그것을 구하는 나의 욕망과 욕망의 대상을 인식하는 나의 감각이 이미 비어 있는 공허한 것이기 때문이다. 이러한 공(空)사상이 잘 정리된 것이 반야경 계열의 경전이다.

반야경전들 중에서도 공사상의 핵심이 가장 잘 정리되어 있는 유명한 『반야심경』의 한 구절만 살펴보자.

"관자재보살 행심반야바라밀다시 조견오온개공 도일체고액(觀自在菩薩 行深般若波羅密多時 照見五蘊皆空 度一切苦厄)"

이 구절은 『반야심경』의 첫머리에 나오는 글이다. 간단하게 해석하면 관자재보살이 반야바라밀다를 행할 적에 오온이 모두 공함을 안 후 일체의 고통을 넘어섰다는 뜻이다.

'관자재보살'부터 살펴보자. 현장 스님은 『반야심경』 원문을 관자재보살로 번역했고, 구마라습 스님은 관세음보살(觀世音菩薩)로 번역했다. 관자재보살(觀自在菩薩)은 관(觀)하는 것, 두루 살피는 것이 자유자재(自在)롭다는 것이니, 지혜를 의미한다. 관세음은 소리(音)를 관한다는 것인데, 이는 세상의 고통을 잘 듣는다는 의미로, 자비를 뜻한다. 보살은 대승불교에서 도(道)를 구하는 수행자를 말한다.

'행심반야바라밀다시'에서 행심(行深)은 깊이 들어간다는 뜻이고, 마지막의 시(時)는 때를 말하는 것이며, 중간의 반야바라밀다는 완전한 지혜라는 말이다. 따라서 행심반야바라밀다시는 완전한 지혜를 구하여 저 깊은 피안으로 건너가는 일을 행할 적에라는 말이다.

다음은 '조견오온개공'이다. 조견(照見)은 밝게 비추어 아는 것이고 개공(皆空)은 모두가 공하다는 것이니, 해석하자면 오온(五蘊)이 모두 공함을 깨달았다는 것이다. 여기서 오온은 색수상행식(色受想行識)을 말하는데, 간단히 말하자면 색은 물질계이고, 수상행식은 정신계, 정신의 모든 작용이다.

따라서 조견오온개공이라는 것은 내가 욕망의 대상을 인식하는 감각적인 물질계와 정신계가 모두 실체가 없이 공하다는 것을 밝게 알았다는 뜻이다. 다시 처음부터 풀이하자면, 관자재보살이라는 뛰어난 수행자가 완전한 지혜를 얻는 과정에서 내가 욕망을 인식하는 감각과 의식이 모두 실체가 없다는 것을 깨달았다는 말이다.

물론 이것은 자칫 혼란의 여지가 있을 수 있다. 우리에게는 모든 것이 매우 분명하고 실재하는 것으로 느껴지기 때문이다. 조견오온개공이라는 것을 확실하게 체험하기 위해서는 오랜 수행을 통해서 그 경지에 도달해야만 할 것이다.

하지만 이 공하다는 것, 실체가 없다는 것을 달리 생각해보면 이해 가능한 측면이 있을 것이다. 공하다는 것은 우선 영원히 고정불변한 것은 없다는 말이며, 둘째로 모든 욕망과 욕망의 대상을 살펴보면 주체적이거나 독립적인 것은 없고 무엇인가 다른 것에 의지해서 생기는 것이란 말이다. 즉, 주체적이지도 않고 늘 변화하기 때문에 고정된 실체가 없어서 덧없고 공허한 것이라는 말이다.

결론적으로 『반야심경』은 우리가 애타게 구하려는 것의 허상에 대해서 말한다. 그리고 우리가 욕망하는 대상과 내가 욕망을 인식하는 도구들이 모두 공하다는 것을 알면, 일체의 고통에서 벗어나 대자유의 지혜를 얻을 수 있다는 것이다.

귀신과의 한판 승부
— 인연의 허상

어느 마을에 아주 오래된 집이 있었다. 그 집은 오랫동안 방치된 탓에 흉가나 다름없었고, 귀신이 나온다는 소문도 있었다. 그래서 마을 사람들은 감히 그 집에서 잠을 잔다거나 쉬어갈 생각을 못했다.

하루는 이웃 마을에서 온 대담한 사람이 그 집에 묵어갈 마음을 품었다.

'나는 보통 사람이 아니므로 여기서 하룻밤 묵어야겠다.'

그러고는 방으로 들어가 자리를 잡았다.

저녁이 되자 또 한 명의 용감한 사람이 그 집을 찾아왔다. 그가 방으로 들어가려는데 근처에서 이를 지켜보던 마을 사람이 외쳤다.

"이 집에는 무서운 귀신이 있다!"

밖에 있던 사람은 긴장한 채 방문을 밀고 들어가려 했다.

그러자 안에 있던 사람은 귀신이 들어오는 줄 알고 문을 막고 들어오지 못하게 했다.

밖에 있던 사람은 귀신이 막는 줄 알고 또 거세게 문을 밀었다.

그렇게 두 사람은 밤새 문을 사이에 두고 힘을 쓰며 다투다가 날이 밝고서야 서로 귀신이 아닌 줄 알았다.

나를 구성하는 욕망의 요소가 허상인 것처럼, 우리와 얽혀 있는 많은 사람들, 많은 사람들과의 인연 역시 공허한 것이다. 세상 사람들의 인연이라는 것이 이 실체 없는 귀신과 같으니, 인연은 잠시 모였다 흩어지는 허상일 뿐인 것이다. 그런데 사람들은 그것이 영원하다고 생각한다. 인연들이 얽혀 일어나는 일들을 하나하나 분석하고 따지기를 즐긴다. 그렇게 어리석은 다툼을 반복하며 정작 중요한 마음공부는 하지 않고 세월을 흘려보낸다. 우리가 만나는 인연들은 곧 사라질 허상일 수 있는데, 우리는 정작 그 허상들과 지지고 볶고 싸우면서 평생을 힘겹게 살아간다.

붓다는 모든 법과 인연이 독립적인 실체가 없이 조건에 따라서 모였다 흩어진다는 연기설(緣起說)을 말했고, 연기설은 대승불교와 발을 맞춰 성장하며 공사상으로 발전했다. 즉, 공사상은 기본적으로 삼라만상이 인연에 따라 서로 의존해서 생긴다는 연기설을 바탕으로 하는 것이다. 연기설을 가장 잘 표현해주는 『아함경』 구절이 있다.

"이것이 있으니 저것이 있고, 이것이 생기니 저것이 생긴다. 이것이 없으니 저것이 없고, 이것이 멸하니 저것이 멸한다."

이쪽에서 문을 미니 저쪽에서도 문을 민다. 서로 얽히는 그곳에서 힘이 생겨난다. 한쪽이 그만두면 다른 한쪽도 그만두게 될 것이다. 서로가 서로의 힘에 의존하고 있다. 서로에게 의존하기를 멈추면 좋은 인연도 나쁜 인연도 구름처럼 흩어지는 것이다. 한낱 인연에 자신의 모든 것이 달려 있다고 믿고 그것에 의존하지 말고, 자신의 근본을 찾아야 한다.

서로에게 의존하기를 멈추면

좋은 인연도 나쁜 인연도 구름처럼 흩어지는 것이다.

한낱 인연에 자신의 모든 것이 달려 있다고 믿고

그것에 의존하지 말고, 자신의 근본을 찾아야 한다.

뱀과 같은 아이

─ 생사의 허상

신라 시대 왕경 만선북리라는 곳에 한 과부가 살았는데 남자와 동침하지 않고 아이를 낳았다. 그 아이는 열두 살이 되도록 일어나지도 않고 말도 하지 않았다. 마치 뱀과 같은 아이라는 뜻으로 사동(蛇童)이라 불렸고, 나이가 들어서는 사복(蛇福)이라고 불렸다.

원효가 고선사에 머무르고 있을 때 이 사동이 찾아와서, 자신의 어머니가 죽었으니 같이 장례를 치르자고 하였다. 원효는 고선사를 찾아온 사복에게 예의를 갖추어 인사했으나 사복은 응대도 없이 말했다.

"일찍이 그대와 내가 경을 싣고 다니는 수레를 끌던 암소가 죽었으니 함께 장사를 지내세."

원효는 그 말을 듣고 사복의 집으로 갔다. 집에 도착하자 사복은 원효에게 장례를 거들도록 했다. 사체 앞에서 원효가 축원(祝願, 소원이 이루어지도록 비는 것)을 했다.

"다시 나지 말지어다. 그 죽음이 괴롭다. 죽지 말지어다. 그 태어남이 괴롭다."

이 축원을 듣고 사복이 냉소를 지으며 말했다.

"말이 번거롭다."

원효가 이 말을 듣고 다시 축원을 했다.

"생과 사가 모두 고(苦)다."

두 사람이 상여를 메고 활리산 동쪽 기슭으로 갔다. 한 장소에 이르러 원효가 말했다.

"지혜로운 호랑이를 여기 지혜의 숲에 장사지냄이 어떻겠는가?"

이 말을 듣고 사복이 대꾸했다.

"옛날 석가모니 부처님이 사라수 아래에서 열반에 드셨다. 지금 이 땅에 그와 같은 이가 또 있으니 나는 그만 연화장 세계(蓮華藏世界, 수행을 통해 깨달음을 얻은 이가 들어가는 극락의 하나)로 들어가려네."

말을 마친 사복이 풀을 뽑으니 땅이 갈라졌는데, 그 안에 일곱 가지 보배로 장식된 장엄한 누각이 첩첩이 들어서 있어 황홀하고 찬란하기가 세상에서 볼 수 없는 것이었다. 갑자기 사복이 사체를 업고 그 안으로 사라지니 땅이 다시 닫혔고, 자취를 찾을 길이 없었다.

후세 사람들이 사복을 기려 소금강산 동남쪽에 절을 짓고 그 이름을 도량사(道場寺)라고 하였다.

이 이야기는 일체개고에 대한 것이다. 우리는 삶과 쾌락에 취해서 삶이 고통스럽다는 것을 알지 못한다. 원효는 생사가 모두 고통이라고 했다. 불교의 가장 근본적인 진리인 사법인(四法印)은 일체개고(一切皆苦), 제법무아(諸法無我), 제행무상(諸行無常), 열반적정(涅槃寂靜)을 말한다. 그중 첫째는 일체개고이니, 세상사 모든 것이 괴로운 일이라는 말이다. 그 정도까지는 아니겠지만, 우리가 이 세상을 살아가면서 느끼는 쾌락이 반드시 쾌락이 아니고 나의 삶과 마음이 매우 불편하다는 것을 각성하는 것이 마음공부의 시작이다.

다시 태어나지도 죽지도 말자고 하는 것은 힘든 세속의 세계에서 생사를 반복하지 말자는 것이다. 극락이나 정토, 연화장의 세계에서 보면 우리가 살고 있는 세계가 아수라, 아귀 세계처럼 고통스러운 곳이기 때문이다. 그러니 우리는 나고 죽는 것의 인연과 욕망에 너무 연연하지 말고 실상을 바로 보려고 노력해야한다.

순금의 그림자
— '나'라는 허상

옛날에 어떤 아이가 큰 연못에서 순금의 그림자를 보았다. 금이 있다고 외치며 물속으로 들어가 진흙을 파헤쳤지만 금은 보이지 않았다. 조금 후에 물이 맑아지니 다시 금빛이 나타났다. 이번에도 연못에 들어가 진흙을 헤치고 금을 찾았으나 찾을 수 없었고, 이를 반복하다가 끝내 지쳐버렸다.

그 아버지가 아이를 찾으러 나섰다가 흙투성이가 된 아이를 발견하고 무슨 일이냐고 묻자, 아이가 대답했다.

"연못에 순금이 있는데 아무리 헤쳐봐도 찾을 수가 없어서 이렇게 되었습니다."

그런데 연못 곁에 서 있는 나무를 보니 순금이 걸려 있었다. 아버지가 말했다.

"이는 필시 새가 금을 물고 가다 나무 위에 떨어뜨린 것일 게다."

이 이야기가 말하고자 하는 것은 '나'라는 허상에 대한 것이다. 나라는 허상은 마치 물속의 순금 그림자처럼 아무리 얻으려고 해도 얻을 수 없는 것이다. 얻으려고 하면 진흙탕처럼 흙탕물만 일으킬 뿐 아무런 실체를 남지 않는다. 세속에서 가진 나의 숱한 이름들은 모두 진정한 나의 실체가 아니다. 그것은 내가 자랑스러워하는 것이든 부담스러워하거나 싫어하는 것이든, 나의 한 가면에 불과하다. 나의 진짜 실상은 연못이 아니라 나무 위에 있는 것이다. 우리는 어디서 순금을 찾아야 하는가? 우리는 어디서 우리 자신의 보물을 찾아야 하는가? 나의 진짜 실상은 세속에만 얽혀 있는 것이 아니어서, 보이지 않는 나 자신의 깊숙한 곳에서 스스로 관찰하여 찾아내야 하는 것이다.

이와 유사한 이야기가 있다. 어떤 멧돼지가 땅에 떨어진 사과를 맛있게 먹고는 사과가 땅에서 나오는 줄 알고 하루종일 땅만 팠다는 이야기다. 우리는 실상이 어디서 나오는지 정확하게 알아야 한다. 내 마음의 번뇌와 고통이 어디서 유래하는지 알아야 한다.

그것은 환경이나 다른 대상으로부터 시작되는 것이 아니다. 바로 나 자신으로부터 시작된다. 좋은 것과 나쁜 것을 끝없이 따지는 사량분별심(思量分別心), 남과 나를 구분하는 자아(自我)로부터 나온다. 그래서 우리는 자아라는 내면으로 눈을 돌리기 위해서 자신의 마음을 살피는 마음공부를 하는 것이다.

지나가버린 과거의 기억과 특정한 대상, 인연에 연연할 것이 아니라, 그것의 근본이 되는 내 마음을 직접적으로 바로 보고 들여다보고 관찰해야 한다. 흔한 비유이지만, 개에게 작은 돌멩이를 던지면 개는 그것에 맞아서 아플 것이다. 그때 그 돌멩이와 싸우는 개는 어리석다. 돌멩이를 던지는 주인이나 사람과 싸워야 한다. 우리가 우리를 힘들게 하는 문제를 풀어나가는 방식도 그래야 하는 것이다.

옛날 어떤 사람이 너무 가난하여 큰 빚을 지고 있었으나 갚을 길이 없었다. 그래서 자신이 사는 마을을 떠나 아무도 없는 곳으로 도망쳤다. 도망을 다니던 중에 그는 보물 상자를 발견하고, 설레는 마음으로 그 상자를 열어보았다.

상자에는 많은 금은보화가 들어 있고, 뚜껑 안쪽에 거울이 붙어 있었다. 그 거울을 보는 순간 어떤 사람의 모습이 보였다. 바로 자신이었다. 그런데 이 가난한 사람은 두려운 마음에 뚜껑을 닫았다.

"나는 아무도 없는 줄 알았다. 그대가 여기에 있는 줄 몰랐다. 화내지 마라."

그러고는 황급히 그 자리를 떠났다.

거울 속에 비친 자신의 모습에 미혹된 이 어리석은 사람처럼 우리는 자신의 잘못 그려진 허상에 사로잡혀 스스로를 괴로움으로부터 구할 수 있는 보물을 내팽개치고 도망간다. 진정한 내가 아닌 나라고 생각되는 모든 망념이 나를 온갖 괴로운 기억으로 몰아넣고, 남과 갈등하고 주저하고 두려워하는 번뇌 속에 빠뜨린다. 심지어 우리 자신을 고통에서 벗어나게 해줄 수 있는 보물을 내팽개치고 도망치도록 만든다.

둘째 풍경

———————

지혜의
선물

우리는 우리의 마음이 허기져 있다는 것을 깨달아야 한다.

그리고 일생을 무엇인가에 취해서 구경만 하다가 끝내는 것이 아니라,

우리가 진짜 찾아야 할 마음의 보물을 찾아 떠나야 한다.

긴 밤의 꿈을 꾸다

— 구경만 하는 인생

옛날에 친구 사이인 두 사람이 큰 잔치에 초대받아 가다 옹기장이들이 가마에서 옹기 만드는 모습을 보게 되었다. 무척 재미있어서 둘 다 넋을 잃고 바라보았다. 아무리 보아도 싫증이 나지 않았다. 그러던 중 한 친구가 허기를 느꼈다. 이러다가는 곧 쓰러질 것 같은 생각이 들어 그는 근처에서 벌어지는 잔치에 다녀오자고 했다. 그러자 다른 친구가 말했다.

"다녀오게. 나는 혼자서라도 이 구경을 계속해야겠네."

어쩔 수 없이 혼자서 잔치에 간 친구는 맛있는 음식을 배불리 먹고 그곳에서 진귀한 보물까지 얻어왔다. 그런데 남아 있던 친구는 아직도 옹기 만드는 모습에 빠져서 해가 저무는지도 몰랐다.

우리는 눈앞의 즐거움에만 연연하다보니 진정한 삶의 실상을 찾는 일을 항상 미루게 된다. 여기서 해가 저무는 것은 죽음을 맞이한다는 것이다. 우리 삶이 이와 같다. 우리 마음에 있는 진귀한 보물을 찾으러 갈 생각도 못하고 생업에만 쫓겨 하루하루를 보낸다. 목숨이 다할 때까지 매일 온갖 살림살이 걱정에 빠져 지내다가 어느 날 갑자기 죽음을 맞이한다.

우리가 취해 있는 삶은 긴 잠과 같다. 『금강삼매경론』에 이런 말이 있다.

"만약 마음에 얻는 것이 있고 머무르는 것이 있으며 보고 있는 사람은 곧 지고(至高)의 도와 반야(지혜)를 얻을 수 없으니, 이것을 장야(長夜)라고 한다."

얻는 것은 자신만의 것을 소유하는 것, 머무르는 것은 무엇인가에 집착하는 것이다. 여기서 본다는 것은 제대로 보는 것이 아니라 자신만의 관점과 견해로 실상을 왜곡해서 보는 것을 말한다. 이러한 어리석음이 모두 밤에 빛이 없고 어두운 것과 같다고 해서 장야라고 한 것이다. 불교에서는 어리석음을 가리켜 주로 빛이 없는 무명(無明)이라고 한다.

지극히 높다는 의미인 지고의 도는 범어로 '아뇩다라삼먁삼보리'라고 하는데, 한역(漢譯)하면 무상정등각(無上正等覺)으로 더 이상 오를 수 없는 바르고 원만한 깨달음을 말한다. 반야는 오랜 수행을 통해 일체 사물의 실상을 깨달아 아는 지혜다. 긴 밤이란 중생이 생사윤회를 하면서 무명의 깊은 잠에서 깨어나지 못하는 시간이 매우 길다는 것으로, 곧 장야(長夜, 가을이나 겨울의 긴 밤)라고 하였다.

이 이야기의 어리석은 주인공이 옹기 만드는 구경을 하듯, 우리들 역시 죽는 날까지 그저 가족들을 건사하며 하루하루 밥벌이를 해야 하는 지겨운 삶에만 취해 있다가 일생을 마치는 경우가 허다하다. 우리는 우리의 마음이 허기져 있다는 것을 깨달아야 한다. 그리고 일생을 무엇인가에 취해서 구경만 하다가 끝내는 것이 아니라, 우리가 진짜 찾아야 할 마음의 보물을 찾아 떠나야 한다.

장난감 소 만들기

— 큰 조각을 하는 사람

지난날 어떤 사람이 큰 바위를 갈아서 작은 장난감 소를 만들었다.

사람들이 의아해서 물었다.

"작은 장난감 소인데 왜 굳이 큰 돌을 공들여서 깎았는가?"

"내가 얻고자 한 것은 이 작은 장난감 소였을 뿐이오."

"그럼 큰 돌에서 떨어져나온 작은 돌로 만들면 되지 않는가?"

그제서야 그 사람은 말문이 막혔다.

여기서 큰 돌을 깎는 것은 생사고해를 여탈하는 마음공부를 말한다. 그리고 장난감은 명예를 구하는 것을 말한다. 세속적인 명예는 작은 장난감에 불과하다는 것이다. 일생에서 가장 중요한 조각, 가장 큰 작품을 만드는 일은 바로 자신을 찾고 고해의 바다에서 벗어나는 일이다.

우리는 많이 소유하고 재능 있는 사람이 행복할 것이라고 생각하지만 실상 그것은 행복과 무관한 것이다. 물론 최소한의 생계는 유지할 수 있어야겠지만, 많이 가진 만큼 복잡다단한 번뇌에 시달리기도 쉽다는 것을 알아야 한다.

『장자』「열어구」편에 있는 글이다.

"재주가 많은 사람은 몸이 쉴 날이 없고, 총명한 사람은 걱정이 많고, 무능한 사람은 바라는 것이 없어 잘 먹고 놀러 다니며 즐길 줄 안다. 그는 마치 닻이 없는 배처럼 파도를 따라 움직이며 자유롭게 떠다닌다."

다소 극단적인 표현이기는 하지만, 타고난 재주나 재능이 반드시 행복을 보장하는 것은 아니라는 것을 다시금 일깨워주는 말이다.

재능 없음을 너무 탓하지 말라. 오히려 재능이 부족한 사람은 삶에 대해서 겸허해지고 자족하는 법을 일찍 깨칠 수도 있다. 요즘 같은 경쟁 시대에는 마치 행복이 재능과 연관되어 있는 것 같지만, 겉은 화려해도 그 속을 들여다보면 반드시 그렇지만도 않다. 수영 잘하는 사람이 물에 빠져 죽는다는 말도 있지 않은가. 재능이 많고 재물이 많으면 그것과 연관된 사건사고도 많은 법이다.

만약 세속의 공부를 하기로 했다면, 공부의 지향점을 잘 설정하는 것이 중요하다. 우리는 늘 공부를 하지만 공부에 대해서 잘 모른다. 공부의 목표는 무엇인가? 많이 읽고 많이 배우지만 정작 결과물은 초라하다. 많은 돈을 들여 사교육을 받고, 영어공부를 하고, 스펙을 쌓는다. 하지만 대다수의 서민들은 머슴이나 다를 바 없는 직장생활을 하거나 그마저도 어려워 산업예비군으로 닭 쫓던 개 지붕 쳐다보는 격으로 하염없이 기다리며 근근이 생계를 유지할 뿐이다.

조그만 장난감 소를 만들기 위해서 큰 바위의 여기저기를 다 깎는 일이 무슨 이득이 되겠는가? 고등학교를 졸업하고 10년 동안 기업들이 필요로 하는 스펙을 쌓아서 보기에만 그럴듯한 사람이 될 수도 있고, 10년 동안 자기만의 영역을 개척하며 진짜 실력을 기를 수도 있다. 자신을 바로 세우고 어디서도 자신을 당당하게 드러낼 수 있는 자신만의 진짜 실력을 길러야 한다.

마음공부도 마찬가지다. 실질을 찾아야지 이론만 많이 알아서 무엇 하겠는가? 지식 자랑만 할 수 있을 뿐, 자신의 번뇌는 사라지지 않는다. 진정한 마음공부는 자기 스스로 변하는 것이다.

요즘 진짜가 나타났다는 말이 있듯이, 진짜처럼 보이는 것이 아닌 진짜 그 자체가 되어야 한다. 아는 체를 하는 사람이 될지 아는 사람이 될지, 행복해 보이는 사람이 될지 행복한 사람이 될지, 깨치는 공부를 하는 보기에만 그럴듯한 사람이 될지 진정으로 깨쳐서 대자유를 얻는 사람이 될지는 자신이 정하는 것이다. 갖은 고생 끝에 인생이라는 위대한 재목(材木)으로 작은 장난감이나 하나 얻고 돌아가서는 안 된다.

이런 이야기도 있다.

오래전 어떤 나라에 전쟁이 일어났다. 한 용맹한 사람이 있어 왕을 위기에서 구해냈다. 전쟁이 끝나자 왕은 그 남자를 불러 치하하며 말했다.

"그대는 바라는 것이 무엇인가? 원하는 것을 모두 들어주려고 하니 말해보라."

사내는 말했다.

"제가 수염을 잘 깎으니, 왕께서 수염을 깎으실 때는 저에게 시켜주소서."

왕은 놀라며 말했다.

"그 일이 그대에게 맞는다면 그리하도록 하라."

세상 사람들은 이 어리석은 사내를 비웃으며 말했다.

"나라를 다스리는 재상이나 장군이 될 수도 있었는데 구태여 힘든 업을 택했구나."

『백유경』에 딸린 해석을 보면, 사람으로 나기가 눈먼 거북이 바다를 떠돌다가 몸을 쉴 수 있는 나무 구멍 만나기만큼이나 어려운 일인데, 사람들이 바른 법을 구하지 않고 작은 욕망의 성취에만 매달리는 것이 이 어리석은 사내가 스스로 힘든 업을 택하는 것과 같다고 하였다.

군이 여러 생을 이야기하지 않더라도 한 생을 가치 있게 보내는 방법에 대해서 생각해보아야 한다. 사람들이 한 생을 살면서 대자유를 얻거나, 자신의 마음을 깨칠 큰 뜻을 품지 않고 작은 이익과 명예를 구하여 일생을 노예처럼 살아가는 것은 면도사에 만족하는 이 공신과 같은 것이다. 먼저 세상의 작은 즐거움이 아닌 바른 지혜를 찾아 떠나야 할 것이다. 세상의 명리는 그후에 구해도 충분하다. 내 마음이 걸림이 없고 밝고 깨끗해야 세상의 명리를 구할 수 있는 힘과 능력도 생기는 것이 아닐까.

외아들을 죽이려는 여자
— 행복한 날은 어디에?

한 마을에 아리따운 여인이 살고 있었다. 하지만 자식이 없어서 애를 태우다가 어렵사리 아들을 하나 얻었다. 너무 예쁜 나머지, 아들을 얻은 지 얼마 안 되었지만 또다른 자식에 대한 욕심이 생겼다.

그래서 마을의 제사장인 노파에게 찾아가서 물었다.

"어떻게 하면 더 많은 자식을 얻을 수 있을까요?"

"내가 아들을 얻게 해줄 테니 하늘에 제사를 지내게."

"제사에 쓸 제물은 무엇입니까?"

"너의 아들을 죽여 그 피로 제사를 지내면 많은 자식을 얻을 것이다."

여인은 이 말을 듣고 아들을 죽여 제사를 지내려고 하였다.

이것을 보고 있던 마을 사람이 그녀를 질타하며 말했다.

"부인은 왜 그렇게 무지하오? 아직 낳지 않은 아이는 얻지 못할 수도 있는데 어찌 지금의 아들을 죽이려 한단 말이오?"

우리는 미래의 행복을 위해 현재의 행복을 포기하는 일에 너무 익숙해져 있다. 미래의 결실을 위해서 참고 견디는 것과 현재의 행복을 포기하는 일은 다르다. 힘든 일을 하든 안락한 생활을 하든 현재의 행복, 오늘 이 하루를 포기한다는 생각을 해서는 안 된다. 힘들어도 보람찬 하루가 될 수 있고, 편해도 지겹고 비루한 날들이 될 수 있다.

매 순간이 모두 소중한 시간이다. 행복한 날들이 모여서 행복한 일생이 된다는 것을 잊지 말아야 한다. 마음공부 역시 기약되지 않은 내일을 위해서가 아니라 행복한 오늘을 위해서 하는 것이다. 공부를 하는 동안 오늘을 포기하거나 도망치고 싶을 정도가 되어서는 안 된다. 행복한 오늘이 이어져서 행복한 일생이 된다.

비둘기의 과실
— 모든 것은 흐른다

한 쌍의 비둘기가 둥지에 온갖 과실을 가득 채워놓았다. 그러나 과실이 마르면서 점차 줄어들었다.

수컷은 암컷에게 화를 냈다.

"내가 힘껏 모은 과실을 혼자 먹었단 말이오?"

"과실이 말라서 저절로 줄어든 거예요."

수컷은 암컷의 말을 듣지 않고 주둥이로 암컷을 쪼아서 내쫓고 말았다.

며칠 지나 큰비가 내려서 과실이 다시 불어나 전과 같이 되었다. 수컷은 슬피 울면서 암컷을 찾았으나 돌아오지 않았다.

세월은 흐르고 모든 것은 변한다. 본래 모습을 잃어버리기도

하고 더 화려한 모습으로 다시 태어나기도 한다. 하지만 우리는 지금에만 머물러 덧없음과 변화를 읽지 못한다. 당장 눈앞에 보이는 대상, 목표, 그 무엇인가에 연연한다. 우리가 10년 전, 20년 전 어느 날의 일기에서 자신을 그토록 괴롭혔던 걱정거리, 밀려 있던 일들, 번뇌와 고민들은 지금 어디에 있는가?

모든 것은 변하고 세월은 너무 빨리 지나가버린다. 여전히 고민하고 번뇌하고 매 맞고 있는 내 마음만 머물러 있을 뿐이다. 변하는 것들의 노예가 되어서는 안 된다. 버리고 떠나야 한다.

무엇인가에 집착하고 머물러 있는 동안 가장 소중한 것을 내쫓고 잃어버린다. 여기서 암비둘기는 우리가 찾아야 할 참된 지혜, 마음의 근본이다. 변하지 않는 진리를 찾아야 걸림 없는 여행자가 될 것이다. 변하는 모든 것은 바람 따라 물결 따라 흘려보내고 변하지 않는 것을 찾아 떠나야 한다.

번뇌의 대상들은 변한다. 번뇌의 대상이 아니라 이 마음과 한판 승부를 벌여야 한다. 우리가 집착하는 대상도 마찬가지다. 담배에서 술로, 술에서 도박으로, 도박에서 쇼핑으로, 쇼핑에서 다시 음식으로 집착하는 대상이 바뀌어도 변한 것은 없다. 근본적인 변화는 외부의 대상이 아니라 바로 나에게서, 내 마음에서 일어나야 한다. 내 마음이 바뀌지 않으면 언어와 대상이 아무리 바뀌더라도 우리의 괴로움은 끝나지 않는다.

이런 이야기도 있다.

한 농부가 이웃마을에서 무성하게 자란 보리를 보고 그 주인에게 물었다.

"어떻게 이렇듯 보리를 잘 길렀습니까?"

"땅을 평탄하게 고르고 거기에 적당한 거름과 물을 준 덕분입니다."

농부는 자기집으로 돌아와 곧장 밭에 거름과 물을 주고 씨를 뿌리려 했다. 그러다 문득 자신이 밟아서 땅이 딱딱해져 싹이 돋아나지 못할까 걱정이 되었다.

그래서 자기가 땅을 밟지 않을 수 있는 방법을 고민했다.

'누군가 평상을 들고 서 있으면 그 위에 앉아서 씨를 뿌리면 되겠구나.'

네 사람이 평상 네 귀퉁이를 각각 들고 서자, 농부는 평상 위에 앉아서 씨를 뿌렸다. 네 사람이 밭을 밟고 다니니 땅은 더욱 단단해졌다.

한 사람이 밟는 것을 해결하려다 네 사람이 밟게 되었다. 작은 문제를 해결하려다 더 큰 문제가 생긴 것이다. 문제를 해결하려다 더 꼬여서 복잡하게 된 것인데, 우리를 괴롭히는 문제들도 마찬가지다. 나중에는 어디서부터 잘못된 것인지 아예 대책을 세우기가 불가능해진다.

실타래가 꼬이듯, 하나의 문제에서 다른 문제들이 파생하고 문제와 문제들끼리 얽혀서 난감해지는 것이다. 하나를 해결하면 또다른 문제가 터지기도 한다. 문제를 해결하려고 취한 방법이 다시 더 큰 문제를 일으키기도 한다. 건강이 상하고 나쁜 기억과 후회들로 잠 못 이루고 지쳐간다. 그래서 근심은 채무에 이자가 붙고 다시 이자에 이자가 붙는 것처럼 나중에는 감당하기 어렵게 된다. 번뇌의 속성은 그런 것이다.

이런 때는 근본으로 돌아가야 한다. 불교철학에서는 모든 문제의 출발점을 나로 본다. 따라서 이 나를 이해하는 것이 모든 문제를 푸는 근본적인 열쇠가 되는 것이다.

돈 욕심을 부리는 선비

— 쉽게 얻으려 하는 마음

옛날 중국 빈주라는 곳에 학문을 열심히 닦는 선비가 살고 있었다. 그날도 여전히 집에서 글을 읽고 있는데, 어느 이상한 노인이 찾아왔다. 노인을 안으로 모시니 자신을 소개하는데, 사실 자기는 건넛 마을의 산에 사는 신선이며 선비의 인품을 흠모하여 일부러 찾아왔다는 것이었다.

선비는 이 노인과 열린 마음으로 학문에 관한 대화를 나누었다. 노인의 학식이 매우 깊어 서로 감탄하며 밤늦도록 대화를 나눴다. 선비는 노인을 귀빈으로 모시며 얼마든 더 머물러 있다가 가라고 했다.

노인이 며칠째 머물던 어느 날이었다. 선비는 노인이 신선이라는 말에 마음이 동하여 욕심이 생겼다.

"노인께서 저를 좋아한다면 제가 사정이 넉넉지 않으니 도술로 돈을 마련해서 저를 좀 도와주시면 안 되겠습니까?"

노인은 처음에는 고개를 가로저으며 난감한 표정을 지었다. 그러나 선비의 재촉이 계속되자 결국 슬쩍 웃으며 말했다.

"그럼 동전 몇 닢을 가져오시오."

선비가 얼른 집안에 있는 동전 서너 닢을 가져왔다. 그러자 노인은 그것을 가지고 혼자 방안으로 들어가 주문을 외기 시작했다. 그때부터 갑자기 하늘에서 동전이 쏟아져 온 집안이 동전으로 가득차 몸이 묻힐 지경이 되었다.

"이제 만족하십니까?"

"그럼요. 만족하지요."

노인이 주문을 그치자 동전이 더이상 쏟아지지 않았다. 선비는 부자가 되었다고 덩실덩실 춤을 추었다. 그 모습을 보고 노인은 쓸쓸한 웃음을 지으며 인연이 다했다면서 자신은 떠나겠다고 했다. 선비는 기쁜 기색이 얼굴에 가득찬 채로 노인을 마을 입구까지 손수 배웅하고 집으로 돌아왔다.

그런데 방과 마당에 가득했던 돈이 사라지고 원래 자기가 가지고 있던 동전 몇 닢만 남아 있었다. 선비는 얼른 노인을 쫓아가 욕을 퍼부었다. 노인은 돌아보며 냉담하게 말했다.

"나는 본시 선비님과 학문으로 사귀고자 했을 뿐이오. 노력하지 않고 공으로 돈을 벌려면 도적과 사귀면 될 것이니 나는 도적이 되지는 않겠소."

노인은 옷을 털며 떠나가버렸다.

　많은 것을 쉬이 가지려는 욕심이 사람을 망친다. 도적은 되고
싶지 않고 물질적 재화를 가지려면 글을 읽어서 출세를 하든지
장사를 하든지 거기에 걸맞은 노력을 해야 한다.
　또 이 이야기의 선비처럼 글은 읽지만 성인의 길을 실제로는
전혀 따르지 않으면서 성인이 한 말로 갖은 미사여구를 만들어
자신을 포장하며 이익만 취하는 길은 결국 자기가 행복하게 살
아갈 수 있는 근본적인 품성마저 망친다. 돈은 노력과 기운에 따
라 모이기도 하고 흩어지기도 하는 것이니, 돈의 노예가 되면 순
식간에 사람도 잃고 일신을 망치게 될 것이다.

서두르면 더 늦어지는 법이다.

마음공부를 열심히 하는 것도 중요하지만

태도와 자세도 마음공부에 걸맞게 하는 것이 중요하다.

욕심을 부리지 말고

한 걸음 한 걸음 나아가는 것이 가장 빠른 길이다.

길에서 돈을 주운 사람

— 게으름 피우기에는 너무 짧은 인생

옛날 어떤 사람이 길에서 돈뭉치를 주웠다. 흥분된 마음에 그 자리에 앉아서 돈을 세어보았다. 그런데 미처 돈을 다 세기도 전에 주인이 나타나 도로 가져가버렸다. 그는 돈을 챙겨서 빨리 자리를 옮기지 않은 것을 크게 후회하며 괴로워했다.

여기서 돈을 줍는 것은 살아가면서 만나게 되는 마음공부의 진리를 말한다. 불교철학으로 이야기하면 삼보(三寶, 불·법·승, 붓다와 불교철학의 진리와 스승)를 만났으면 부지런히 선한 법을 닦고 실천할 생각을 해야 한다. 방심하고 있다가 돈을 빼앗기는 것은 열심히 법을 닦지 않고 방만하게 생활하다가 죽음을 맞이하는 것과 같다.

이처럼 죽음은 생각보다 가까이 있다. 늘 우리 곁에 있는 것이고, 인생은 짧다. 게으르게 세월을 흘려보내거나 다투고 번뇌만 일삼으며 보내기에는 너무 짧은 인생이다.

이 이야기에는 이런 시가 덧붙어 있다.

"오늘은 이 일을 만들고/ 내일은 저 일을 경영하네/ 즐기고 집착하여 괴로움을 볼 줄 모르니/ 죽음의 도적이 닥치는 것을 알지 못한다.

하루하루 갖은 일거리에 시달리는 것/ 범부들은 누구나 그러하니/ 마치 돈을 세는 사람처럼/ 너희들이 하는 일도 그러하다."

우리는 저마다 알고 있는 이 세상의 일만이 전부인 줄 안다. 그렇기 때문에 세상의 욕망에 빠져서 세월을 허비하는 것이다. 여희라는 여자는 국경을 지키는 장수의 딸이었다. 그런데 정치적인 문제로 진나라로 시집을 가게 되었다. 여희는 밤새 서럽게 울었다. 정든 고향과 가족을 떠난다는 것이 너무 싫었기 때문이다.

그런데 실제로 진나라의 궁궐에서 생활하게 되면서 상황이 바뀌었다. 편안한 침대에서 온갖 좋은 음식들을 먹게 되자 오히려 지난날 자신이 시집가기 싫어서 울었던 일이 부끄러워진 것이다. 이처럼 우리가 알고 있는, 우리가 빠져 있는 세상이 전부가 아니다. 일을 하지 않는 것만이 게으른 것이 아니다. 관성에 빠져서 무엇인가 불편함을 느끼면서도 현재의 세상에만 젖어 있는 것도 게으른 것이다. 더 크고 더 나은 세계를 찾아 떠나는 용기를 발휘해야 한다.

언젠가 어느 시에서 인간의 삶이란 매일매일 근심걱정으로 전전반측(輾轉反側) 잠 못 이루다 죽을 때는 한을 품고 관에 들어간다는 구절을 본 적이 있다. 얼마나 무서운 말인가! 삶의 꿈에 취해 사는 우리가 하는 일도 그러하다. 우리의 삶은 생각보다 길지 않다는 자각이 필요하다. 우리는 애써 외면하고 있지만, 사실은 언제 닥칠지 모르는 죽음과 늘 함께하고 있다.

이무기를 죽인 남자

— 자신을 바로 보기

지난날 중국 오흥 지방에 주처라는 사람이 살았다. 그는 성품이 몹시 거칠어서 아무도 그를 좋아하지 않았다. 하지만 힘이 세고 무예가 뛰어난 것을 믿고 마을 사람들의 일에 간섭하기를 즐기고 세상에 자기밖에 없는 것처럼 함부로 날뛰고 폭력적으로 굴었다.

이 마을에는 또 형계라는 강에 숨어사는 이무기와 종남산에 사는 호랑이가 종종 사람을 잡아먹었는데, 사람들은 주처와 함께 이 두 괴물을 가리켜 세 가지 해를 끼치는 것들이라고 해서 삼해(三害)라고 불렀다. 마을 사람들은 이 삼해 중에서도 주처를 가장 무서워하고 싫어했다.

어느 날 주처가 자신의 힘을 주체하지 못해 호랑이와 이무기를 잡으러 간다고 했다. 그러자 마을 사람들은 삼해가 서로 싸우다가 셋 다 죽기를 바랐다. 주처는 종남산에 가서 호랑이를 활로 쏘아 죽이고, 형계로 가서 이무기와 며칠 밤낮을 치고받으며 싸웠다. 사흘이 지나도 주처가 돌아오지 않자, 마을 사람들은 주처가 죽은 줄 알고 기뻐했다. 그런데 예상과는 달리 주처가 이무기를 죽이고 사람들 앞에 나타났다.

주처는 자신을 영웅처럼 떠받들며 반길 줄 알았던 마을 사람들이 정작 실망하는 반응을 보이자 깜짝 놀랐다. 자기 스스로가 사람들이 가장 경멸하는 괴물이라는 것을 알게 된 주처는 큰 충격을 받았다.

그길로 그는 스승을 찾아 나섰다. 처음에 육기라는 선생을 찾아갔으나 만나지 못하고, 청하라는 선생을 만나서 자신의 결심을 말했다. 개과천선해서 의미 있는 삶을 살고 싶다는 것이었다.

청하 선생은 공자의 말을 덧붙이면서 그를 격려했다.

"옛말에 아침에 도를 들으면 저녁에 죽어도 좋다고 했다. 아직 젊은 그대가 지난날의 잘못을 깨닫고 올바르게 살겠다고 결심했으니 걱정할 것이 없다."

주처는 그후로 열심히 학문을 닦고 개과천선해서 모든 사람들에게 칭송을 듣는 큰 인물이 되었다.

자신을 냉철하고 객관적으로 바라보기란 무척 어려운 일이다. 하지만 그것만큼 중요한 일도 드물다. 자신을 제대로 잘 보아야 그때부터 올바른 방향으로 바꿔나갈 수 있기 때문이다.

구렁이를 죽인 소녀

— 현실을 직시하기

중국 월동이라는 지방에 용령이라는 고개가 있는데, 그 고개 너머 늪지대에 집채만큼 거대하고 수백 년을 묵어 영험하기까지 한 구렁이가 살고 있었다. 마을 사람들은 모두 구렁이를 무서워했는데, 불시에 그 구렁이에 희생되기 일쑤였다.

고을 현감은 이것을 막으려고 군사를 보내기도 했지만 그들마저 희생되어 대책이 없었다. 결국 마을 사람들은 소와 양을 잡아 제사를 지내주기도 하면서 구렁이를 달랬다. 급기야 구렁이가 무당에게 명하여 어린 소녀를 제물로 바치게 하고는 잡아먹기까지 했다. 그렇게 해서 희생된 소녀가 아홉이나 되었다. 그러다 아무리 많은 돈을 내놓아도 희생할 소녀를 찾을 수 없어 마을 주민들은 공포에 떨어야 했다.

한편 장락현이라는 마을의 이탄이라는 사람에게는 딸이 여섯 있었는데, 막내딸의 이름이 이기였다. 이기는 자신이 구렁이의 제물이 되겠다고 나섰다.

부모는 당연히 말렸지만 이기는 완강하게 나섰다.

"아버지, 어머니, 걱정하지 마세요. 딸만 여섯이고 아들이 없으니 저 하나 사라진다고 해서 문제는 없을 거예요. 딸은 부모를 모실 수도 없는 처지이니 부모님을 봉양하지 못할 바에는 차라리 일찍 죽는 것도 나쁘지 않습니다. 또 제가 죽어 몸값을 받으면 집안 살림에 보탬이 될 테니 그것이 낫겠어요."

부모가 끝내 허락하지 않자 이기는 부모 몰래 집을 나왔다. 그리고 몸값을 받고 자신의 몸을 바치기로 했다. 그런데 이기는 몸을 바치는 조건으로 특별한 부탁을 했다. 마을 사람들에게 예리한 칼과 몸이 날랜 개 한 마리를 달라고 했다. 그리고 쌀 몇 섬으로 떡을 준비하게 했다.

제삿날이 되자 이기는 칼을 품고 개를 등뒤에 숨기고는 사당에 들어가서 앉았다. 그리고 꿀을 바른 떡을 구렁이가 사는 굴입구에 두었다. 머리가 쌀독만큼 큰 구렁이가 기어나오더니 굴앞에 놓인 떡을 먹기 시작했다. 그때 이기가 숨겨둔 개를 풀자, 개는 순식간에 구렁이의 목을 물어뜯기 시작했다. 놀란 구렁이가 개와 다투는 사이에 이기가 달려들어 날카로운 칼로 구렁이의 머리를 찔러 큰 상처를 입혔다. 구렁이는 굴에서 나와 몇번 뒹굴더니 죽어버렸다.

이기는 굴로 들어가 아홉 소녀의 뼈를 수습하며 말했다.

"너희들은 약하고 겁이 많아서 구렁이의 먹이가 되었구나."

구렁이를 죽인 이기는 성한 몸으로 집에 돌아가게 되었다. 이 이야기를 들은 그 나라의 왕은 이기를 왕비로 삼고, 그녀의 아버지를 장락현 현령에 봉했다. 그 집안과 가족들에게는 큰 상을 내렸다.

이는『육조괴담』에 나오는 이야기를 각색한 것으로, 어느 용기 있는 소녀에 관한 전설이다. 우리는 힘든 문제를 만났을 때, 희생이 계속되는데도 불구하고 적당히 타협하고 넘어가는 경우가 많다. 그것은 이 소녀와 같은 용기가 없기 때문이다. 잘못된 일과 타협하거나 어려운 문제를 회피하기 시작하면 나중에는 문제가 걷잡을 수 없이 커지기도 한다. 대개 문제를 직시하면 생각보다 간단하게 해결의 실마리를 얻는 수가 많다. 적어도 질질 끌려다니다 후회하는 일은 없을 것이다. 현실적인 문제든 정신적인 문제든 항상 정면으로 마주쳐서 열린 태도로 문제를 해결하려고 해야 한다.

또한 어떤 상황에 직면했을 때, 운명을 핑계삼지 말고 스스로 할 수 있는 노력을 끝까지 다해야 한다.

어느 훌륭한 장수가 자신의 군대보다 몇 배나 강한 적을 상대해야만 하는 상황에 놓였다. 반드시 이길 것이라고 말했지만, 부하들은 두려움에 떨었다. 하루는 부하들을 이끌고 진군하다가

한 사당 앞을 지나게 되었다. 장수는 사당을 향해 절을 한 다음 군사들에게 말했다.

"자, 내가 사당의 신에게 우리의 앞길을 알려달라고 빌었다. 여기 이 동전을 던져서 앞면이 나오면 우리가 이긴다는 뜻이고, 뒷면이 나오면 우리가 진다는 뜻이다. 결과를 함께 보자."

장수는 다시 사당 앞에서 기도하는 의식을 행하고는 동전을 던졌다. 땅바닥에 떨어진 동전의 결과는 앞면이었다. 부하들은 사기가 충천했고, 싸워서 이겼다.

승리한 후에 휘하 부장이 희희낙락하며 말했다.

"역시 신의 힘은 대단한 것 같습니다."

"정말 그렇게 생각하느냐?"

의문스러운 말을 하고 장수는 그에게 동전을 보여주었다. 동전은 양면이 모두 앞면 모양이었다.

우리는 특정 상황이나 조건 앞에서 마치 불가항력적인 일을 만난 것처럼 핑계를 대면서 도피하기 일쑤다. 눈앞의 사태를 직시하지 않는 것이다. 하지만 어떤 운명을 맞이했든 도망가지 말고 자신이 할 수 있는 것은 다 해야 한다. 도망가는 것은 아무런 대책이 되지 않고 오히려 문제를 키우기 때문이다. 마음공부를 하는 사람들은 항상 현실을 직시하고 끝까지 파고들려는 자세를 가져야 한다. 그래야 현실적으로도 성공적인 삶을 살 수 있을 것이고, 마침내 큰 깨달음을 얻을 수 있을 것이다.

삼층 누각을 짓는 부자

— 기초를 닦는 시간

오래전 돈이 아주 많은 부자가 있었다. 어느 날 그는 친구인 다른 부자의 집에 놀러가서 삼층 누각을 보았다. 친구의 안내를 받아 삼층에 올라가 보니 누각이 매우 높고 넓었다. 웅장하고 화려하며 바람이 잘 통하여 시원하면서도 밝았다.

그는 그 누각을 무척 부러워했다.

'나는 재물이 이 친구보다 많은데 왜 지금까지 이런 누각을 지을 생각을 못했을까?'

그러고는 곧 유명한 목수를 불렀다.

"저기 있는 내 친구의 집보다 더 웅장하고 아름다운 삼층 누각을 지을 수 있겠소?"

"물론입니다. 저 누각은 제가 지은 집입니다."

"그럼 내가 돈을 더 줄 테니 지금 당장 나를 위해 저것보다 좋은 삼층 누각을 지어주시오."

목수는 이내 땅을 고르며 누각을 짓기 시작했다.

부자는 그 모습을 보고 의혹이 생겨 목수에게 물었다.

"당신은 지금 뭘 하고 있는 거요?"

"삼층 누각을 짓기 위해 일층을 짓고 있는 겁니다."

부자는 그 대답을 듣고 실망하며 말했다.

"나는 아래 두 층은 가지고 싶지 않소. 제일 위층인 삼층만 지어주시오."

"일층을 짓지 않으면 이층을 지을 수 없고, 이층을 짓지 않으면 삼층을 지을 수가 없습니다."

부자는 그 대답을 듣고도 고집스럽게 밀어붙였다.

"몇 번을 말해야 알겠소? 지금 내게는 삼층만 필요하단 말이오. 아래 두 층은 짓지 말고 어서 맨 위층만 지어주시오."

사람들은 이 모습을 보고 모두 비웃었고, 목수는 짐을 챙겨 떠나고 말았다.

너무나 당연한 이야기지만, 우리는 종종 일층과 이층을 지어야 삼층을 지을 수 있다는 사실을 망각한다. 높은 집을 짓고 싶으면 먼저 기초를 튼튼하게 다져야 한다.

기초가 튼튼하고 일층부터 제대로 짓는다면 설령 처음 계획대로 삼층을 짓지 못한다고 하더라도 적어도 튼튼하고 화려한 일층집이나 이층집은 가질 수 있을 것이다. 삶도 마음을 닦는 것도 기초가 튼튼해야 하고, 기초를 다지는 시간을 아까워해서는 안 된다.

부채질로 불을 끄는 사람
— 바른 방법을 찾는다는 것

어떤 사람이 검은 자연산 생꿀을 약으로 쓰려고 불에 달이고 있었다. 그때 마침 절친한 친구가 찾아왔다. 그래서 남자는 꿀을 친구에게 선물로 조금 나눠줘야겠다고 생각했다. 그런데 꿀이 식어야 줄 수 있어서, 남자는 꿀을 빨리 식힐 방법을 찾았다.

남자는 불 위에 물을 약간 떨어뜨리고 부채질을 하였다. 부채질 덕분에 불은 더욱 활활 타올랐고, 꿀이 식기는커녕 아주 못 쓰게 되었다.

그 이야기를 듣고 사람들이 말했다.

"밑불이 완전히 꺼지지도 않았는데, 부채로 부친다고 불이 가라앉겠는가?"

부채질로 어떻게 불을 끌 수 있겠는가? 옳은 뜻이 있다고 해도 옳은 뜻만으로는 안 된다. 반드시 올바른 방법을 찾아야 한다. 예전에 어떤 책에서 이런 글귀를 보았다.

"사랑한다는 것은 사랑하는 방법을 안다는 것이다."

사랑하는 뜻이 있기에 무엇을 해도 괜찮다고 생각하는 사람들이 있다. 그렇기 때문에 스토킹 같은 죄를 저지르기도 하고, 데이트 폭력이나 강제적인 수단으로 상대를 괴롭히는 것이다.

이처럼 무슨 일에서든 바른 방법을 찾아야 한다. 그리고 물 한 방울로는 밑불을 끄기에 부족하듯이 임시방편이나 어설픈 방법으로는 좋은 결과를 얻을 수 없다. 첫술에 배부를 수 없듯이, 바른 방법으로 꾸준히 해야 한다.

옛날 어떤 사람이 변비가 아주 심했다. 의원을 찾아갔더니 당장 관장을 해야 한다고 했다. 의원이 관장을 준비하는 동안, 어리석은 이 남자는 더이상 기다리지 못하고 관장약을 삼켜버렸다. 남자는 배가 불러와서 어쩔 줄을 몰랐다. 치료 도구를 준비해서 돌아온 의원이 물었다.

"어째서 이렇게 배가 부른가?"

"아까 그 관장약을 먹었습니다."

"어리석구나. 그것은 먹는 약이 아니다."

의원은 환자에게 모조리 토하게 한 다음 치료를 해주었다.

우리 마음을 치료하는 것도 마찬가지다. 치료에는 일정한 순서와 방법이 있다. 급한 마음에 아무 약이나 먹으면, 부작용으로 고생할 수 있다. 선후, 위아래가 없이 근본이 무너져버리면 병을 오히려 키우는 꼴이 될 수 있는 것이다. 확실한 방법을 찾고 어느 시점 이후로는 스스로 해나가야겠지만, 초반에는 누군가의 지도를 받거나 정확한 경로를 찾을 수 있는 기본적인 공부를 충실히 해야 한다.

매 맞는 머리
— 괴로움의 원인

옛날 머리에 털이 없는 사람이 있었다. 어느 날 한 사람이 다가와 배로 그 사람의 머리를 내리쳤다. 두어 번을 더 치니 머리에 상처가 났다. 그런데도 그는 그대로 맞고만 있었다. 옆에서 그 모습을 지켜보던 사람이 다가와 말했다.

"당신은 왜 피하지 않고 맞고만 있는가?"

머리에 털이 없는 사람이 대답했다.

"저 사람은 자신의 힘만 믿고 교만하며 지혜가 없는 사람이오. 그는 내 머리에 털이 없는 것을 보고 돌이라고 생각해서 때렸는데, 나는 그의 어리석음을 깨우쳐주기 위해서 참았소."

그러자 옆에 있던 사람이 다시 말했다.

"내가 보기에는 당신이 어리석은 것 같은데 왜 그 사람을 어리석다고 하는가? 당신이 어리석지 않다면 왜 남에게 얻어맞고 머리에 상처가 나는데도 피할 줄 모르겠는가?"

우리는 자신의 어리석음을 남 탓으로 돌리면서 괴로움의 원인을 알아차리지 못하는 경우가 많다. 다른 사람이 알아서 해주기를 바라며 기대했다가 상처를 받는 일이 비일비재하다. 기대가 충족되지 않으면 상대방을 비난하고 세상을 원망한다.

상대방이 바뀌기를 바라지 말고 내가 먼저 바뀌어야 한다. 상대방이 지혜로워지기를 바라지 말고 내가 먼저 지혜로워져야 한다. 상대방에게 의지하지 말고 어떻게든 자립해서 무소의 뿔처럼 혼자서 가야 한다. 그래야 진정한 행복을 얻을 수 있다. 괴로움의 원인은 오직 나에게 있다는 생각으로 나 자신을 바꿔나가는 것에 흔들림이 없어야 한다. 신념을 갖고 그 길을 끝까지 밀어붙여야 한다.

물론 주위의 복잡다단한 사회적 병폐들을 보면 답답한 마음을 금할 길 없다. 잘못된 구조 속에서 아무리 발버둥쳐도 행복은 요원할 것이라는 생각이 든다. 하지만 증오와 분노만으로 세상을 바꾸려고 들면 자신이 먼저 상할 것이다. 현실적으로도 사회를 바꿔나가는 일은 한 사람만의 힘으로는 어렵다. 많은 사람들이 연대하는 한편, 장기적인 과제로서 추진해야 한다. 그러려면 튼튼한 체력과 정신력을 길러야 하고 그 과정이 즐거워야 한다. 먼저 자신이 건강하고 행복해져야 세상도 행복하게 만들 수 있는 것이다.

마음공부를 시작하는 사람들은 이렇게 실천적인 변화를 위해서 모든 고통은 나 자신으로부터, 내 마음으로부터 출발한다는 것을 새겨야 한다. 마음이 모든 것을 만들어낸다는 일체유심조(一切唯心造)로부터 출발하는 것이다.

나를 괴롭히는 것들은 모두 내 마음이 만든 것이며, 실체가 없다는 것을 깨달아야 한다. 그것은 삼매를 통해 번뇌 망상이 없는 일심에 도달함으로써 알게 된다. 그렇게 내가 바뀌어 세상을 주인으로서 살아가는 것을 수처작주 입처개진(隨處作主 立處皆眞)이라고 한다. 머무르는 곳마다 주인이 되면 처하는 곳마다 참된 정토의 세계, 천국같이 평안하고 행복한 세계가 된다는 것이다.

모든 것은 마음에 달려 있음을 분명히 자각하는 것이 마음공부의 시작이다.

옛날 어떤 사람이 도끼를 잃어버렸다. 자기집에 자주 드나들던 이웃집 사내아이를 의심했다. 아니나 다를까? 녀석의 얼굴 표정이나 말하는 것이나 걸음걸이가 전과 달라 보였다. 틀림없이 도끼를 훔친 것이다. 모든 동작이나 태도가 그것을 말해주고 있었다. 언제 고하고 경을 칠까 고민하고 있었다. 며칠 뒤 골짜기에 갔다가 그 도끼를 찾았다. 일하다가 잊어먹고 놔두고 온 것이 그제야 생각났다. 다음날 이웃집 아이의 태도를 보니 도끼를 훔친 사람으로는 보이지 않았다.

이처럼 마음을 어떻게 먹느냐에 따라서 대상이 완전히 다르게
보인다는 것을 알아야 한다. 일체유심조가 다 이 이야기와 일맥
상통하는 것이다. 그래서 우리는 마음을 잘 다스려야 불행해지
지 않을 수 있다.

23일

그림 속의 소녀

— 눈에 보이는 것이 전부가 아니다

강서에 사는 맹룡담과 주씨 성을 가진 선비가 함께 경성에 있을 때, 하루는 절 구경을 갔다. 절 규모는 단출했고, 늙은 스님만 한 분 있었다. 대웅전 안에는 보살을 모신 상이 있고 양쪽 벽에는 정교한 그림이 그려져 있었는데, 그림 속의 사람이나 생물들이 마치 살아 있는 듯했다.

동쪽 벽에는 미소 띤 얼굴에 머리를 길게 늘어뜨리고 꽃송이를 든 소녀의 그림이 보였다. 소녀의 입술은 생기가 넘쳐 곧 움직일 것 같았고 눈빛은 무엇인가 말을 하고 싶어하는 것 같았다.

선비는 소녀의 얼굴을 바라보다 갑자기 환희에 찬 마음이 되어 몸이 구름을 타고 나는 듯하다가 순식간에 그림이 있는 벽속으로 들어가고 말았다. 눈앞에는 누각이 첩첩이 둘리어 있는데 인간 세상으로는 보이지 않았다.

한 누각에 내려앉으니, 많은 사람들이 둘러앉아 노승의 설법을 듣고 있었다. 선비도 그 틈에 앉았는데 누군가 그의 옷자락을 잡아끌었다. 고개를 돌려보니 머리를 길게 땋은 소녀가 생긋 웃고는 자리를 떠버리는 것이었다. 선비는 곧 소녀의 뒤를 따라갔다. 소녀는 어느 작은 집으로 들어갔고, 선비는 함부로 들어가기가 두려워 밖에서 서성거렸다.

그때 소녀가 고개를 돌리고는 꽃을 들어 보이면서 들어오라는 시늉을 했다. 선비는 방으로 들어갔고, 두 사람은 사랑을 나누었다. 밖으로 나갔던 소녀가 밤이 되자 다시 들어와 사랑을 나누었다. 그렇게 이틀을 보냈다. 소녀의 친구들이 눈치를 채고 집안을 뒤져 선비를 찾아냈다. 당황한 선비를 앞에 두고 소녀들이 놀렸다.

"집안에 좋아하는 사내를 숨겨두고 아가씨인 척하다니 부끄럽지도 않은가봐."

소녀가 돌아오자 친구들은 소녀의 머리를 올리고 비녀를 꽂았다. 소녀는 아무 말도 못하고 부끄러워했다.

두 사람은 마음껏 사랑을 나누며 꿈같은 시간을 보냈다. 그런데 어느 날 갑자기 금으로 된 갑옷을 걸치고 얼굴이 숯덩이처럼 검은 사자가 들어왔다.

"만약 세상 사람이 들어온 사실이 있으면 당장 실토해라. 죄를 뒤집어쓰고 혼나지 말고."

소녀들은 일제히 말했다.

"그런 일 없습니다."

선비는 소녀들의 황급한 안내에 따라 침상 밑에 숨어 있었다. 사자는 사람을 찾지 못하고 몇 번 두리번거리다가 밖으로 나갔다. 선비는 놀란 가슴을 진정시키면서 소녀가 다시 오기를 기다렸다.

맹룡담은 선비가 사라진 것을 알고 주선비가 대체 어디로 갔느냐고 스님에게 물었다. 노승이 웃으며 말했다.

"설법을 들으러 갔지요."

"어디로 들으러 갔단 말입니까?"

"그리 멀지 않은 곳이지요."

스님이 그림을 가리키자 그림 속의 주선비가 침상 밑에 웅크린 채 엎드려 있는 것이 보였다.

잠시 후 노승이 손가락으로 벽을 몇 번 치며 불렀다.

"이제 그만 돌아오시지요."

주선비는 벽에서 사뿐히 내려섰다. 넋이 나간 듯한 표정으로 다리가 후들거렸다. 맹룡담이 어찌된 일인지 물었다.

"내가 침상 밑에 엎드려 꼼짝도 않고 있는데 갑자기 천둥 치는 것 같은 소리가 들려서 이렇게 나왔소. 내가 꿈을 꾼 게 아닌가 모르겠소."

그런데 그 순간 그림을 다시 보니 그림 속에 있는 소녀의 머리가 올려져 있었다.

주선비가 놀라며 노승 앞에 엎드려 절을 하고는 어찌된 영문인지 물었다.

"환상이라는 것이 사람 마음속에서 일어나는 것이니 제가 어찌 말로 다 설명할 수 있겠습니까?"

선비는 기가 막혀 아무 말도 못했고, 맹룡담도 말을 더듬으며 이상한 일이라고 되뇌었다. 두 사람은 서둘러 절을 떠났다.

이는 『요재지이』라는 중국 설화집에 나오는 이야기를 각색한 것이다. 비록 설화이지만 사람들은 살아가면서 누구나 상식으로는 이해하기 힘든 일들을 간혹 만나게 된다. 현대 과학으로 입증하지 못한다고 해서 없는 것이 아니다. 장자가 나비 꿈을 꾸다 깨어나 장자가 나비 꿈을 꾼 것인지 나비가 장자 꿈을 꾼 것인지 모른다고 했듯이, 마음이 만들어내는 세계는 우리가 인식할 수 있는 세계를 넘어 무궁무진하다. 정말로 중요한 것은 눈에 보이지 않는 법이다. 마음을 잘 공부하고 연구하는 것은 생사를 뛰어넘는 우리 자신의 비밀을 밝히고 현실 생활을 잘 살기 위해서도 반드시 필요한 일이다.

뱀의 머리와 꼬리
— 어느 방향으로 갈 것인가?

옛날 어느 뱀의 꼬리는 자신이 가는 방향을 항상 머리가 좌우하는 것에 불만을 품고 있었다. 그러던 어느 날 참다못한 꼬리가 머리에게 말했다.

"지금부터는 내가 이끌고 가야겠다."

그러자 뱀의 머리가 고개를 저으며 말했다.

"내가 언제나 잘 이끌었는데 네가 갑자기 왜 나서려는 것이냐?"

머리와 꼬리는 서로 앞에서 이끌겠다며 싸웠다.

머리가 마지막까지 고집을 피우자, 꼬리는 나무를 감고 버텼다.

결국 몸통이 조금도 앞으로 나아갈 수 없게 되자 머리는 꼬리에게 양보했다.

뱀은 꼬리가 앞을 향해 이끌고 나가다가 곧 불구덩이에 빠져 죽었다.

우리도 번뇌의 불구덩이에 빠지지 않으려면 항상 바른 방향으로 가야 한다. 무엇보다 먼저 바른 방향을 찾으려고 노력해야 한다. 우리에게도 머리와 꼬리가 있다. 앞을 제대로 볼 수 있는 눈과 안목이 있는 머리가 우리를 이끌어야 한다. 그게 아닌 다른 존재, 감각이나 욕망이 우리를 이끌면 곧 불구덩이에 빠져 죽는 뱀처럼 번뇌와 고통의 불속에 빠져 고통받을 것이다. 여기서 머리는 불법(佛法)의 지혜이며 꼬리는 오감, 무명(無明, 어리석음)에 빠진 의식, 아집(我執, 자기중심의 편협한 생각)에 해당한다.

꼬리가 우리를 이끌어서는 안 된다. 흔히 하는 말로, 급한 마음에 냅다 오르고는 이 산이 아닌가보다 할 게 아니라 찬찬히 지도를 살피고 물어서 제대로 오르는 것이 오히려 시간을 아끼는 길이다. 속도를 내기보다 방향을 정하는 데 신중을 기해야 한다.

원문의 해석에서는 머리를 스승과 스승이 알려주는 계율이라고 말한다. 스승에게 불만을 품고 벗어나려고 하면 올바른 계율이 뭔지도 모르고 방황하다가 제자들끼리 서로 이끌어 지옥 속에 빠져든다는 것이다. 하지만 요즘 같은 혼돈의 시대에는 바른 스승을 만나기도 쉽지 않다. 사이비 교주 같은 어설픈 스승을 만나 돈과 정신과 세월을 버리고 고통받는 사람들도 부지기수인

시대다.

운이 좋아 참된 스승을 만나게 되면 좋겠지만, 그렇다고 하더라도 스승은 처음에 길을 안내하거나 중간에 잠시 점검하는 데 도움을 줄 수 있을 뿐이다. 어느 시점부터는 반드시 혼자서 가야 한다. 스스로 배우고 실천하는 바른 마음공부, 그렇게 정진하는 나 자신의 주체적인 의지를 머리로 삼아야 할 것이다.

나귀의 젖

— 올바른 지식을 구하라

오래전 어떤 마을 사람들이 나귀에 대해서 잘 몰랐다. 다만 나귀의 젖이 맛있다는 이야기만 전해 들었을 뿐이다. 어느 날 수나귀 한 마리를 얻은 마을 사람들이 서로 젖을 짜려고 다투었다. 어떤 이는 머리를 붙잡고 어떤 이는 귀를, 어떤 이는 꼬리를, 어떤 이는 다리를 붙잡고 젖을 짜려고 했다. 그중에 어떤 이가 나귀의 생식기를 붙잡고 의기양양하게 외쳤다.

"이것이 젖이다."

하지만 아무도 젖을 얻지 못하고 헛수고만 하였다.

사람들은 대개 무엇인가를 조금 알면 그것이 전부인 양 믿고 자신의 전부를 건다. 그리고 누군가 문제가 있다고 지적하면 남의 말은 더이상 들으려고 하지 않는다. 열린 마음가짐으로 자세히 알고 제대로 알아야 한다.

불교철학에 대한 오해도 많다. 많은 사람들이 불교철학을 그저 허무하다 여기며 가까이하지 않는다. 불교철학이 허무주의라는 것도 잘못된 편견이다. 불교철학은 허무주의가 아니다. 허무라는 것은 텅 비어서 아무것도 없는 것이다. 그러나 계속해서 변화해나가는 것, 끊임없이 유전하는 존재가 있다.

공(空)은 허무가 아니라 일체가 인연에 의해, 서로 의지하는 조건에 의해 생긴 것으로, 고정적인 실체가 없다는 말이다. 이것이 있음으로써 저것이 있고, 저것이 있음으로써 이것이 있는 것으로, 그 어떤 독립적인 실체가 없다는 의미에서 공이라는 말이 나왔다.

불교를 피상적으로만 아는 사람들이 제법무아(諸法無我, 인식하는 주체인 나라는 고정된 실체가 없음), 제행무상(諸行無常, 인식하는 대상의 고정된 실체가 없음)의 표면적인 뜻만 듣고는 나도 없고 대상도 없다고 말하는 탓에 불교가 허무하고 공허한 종교라고 여겨지는 것이다. 불교철학을 조금만 공부하면 허무함마저 없는 이중 부정을 통해서 절대적인 긍정의 세계로 들어감을 알 수 있다.

사람들은 흔히 두루 알지 못하기 때문에 제대로 알지 못하고, 작은 허물로 전체를 판단하는 오류를 범한다. 따라서 전체적인 실상을 볼 수 있는 바른 지식을 구해야 하는 것이다. 그래야 수

나귀에게서 젖을 구하는 것과 같은 어리석음을 범하지 않는다.

또한 모르는 것은 모른다고 인정해야 한다. 거기서부터 출발해야 하는데, 우리는 모른다는 것을 인정하기 싫어서 혹은 새로운 것을 받아들이기가 힘들어서 제대로 알지 못하는 것을 안다고 주장하는 경우가 많다. 그러면 문제 해결은 더욱 어려워진다.

옛날 법안이라는 스님이 곳곳을 돌아다니며 선사들의 가르침을 구하던 어느 날, 폭설이 내려 근처 절에서 쉬어가게 되었다.

그 절의 주지인 계침선사가 물었다.

"상좌는 어디로 가는가?"

"이리저리 돌아다니는 중입니다."

"그러면 무엇을 얻는가?"

"모르겠습니다."

"그 답이 옳소."

순간 법안 스님은 크게 깨달았다.

진정한 진리는 항상 모른다는 것에서 출발하는 마음에 있다.

깨달음을 주는 진정한 진리는 한낱 지식과 언어에 있는 것이 아니다. 이런 이야기도 있다.

옛날 어떤 왕국의 성밖 200리 떨어진 마을에 물맛 좋은 우물이 있었다. 왕은 매일 사람들을 시켜 그 물을 길어오게 했다. 사람들은 하루도 빠짐없이 그 먼길을 걸어 물을 떠다 바치기가 너무 힘들어서 다른 나라로 떠나려고 했다.

그러자 촌장이 말했다.

"너희들은 떠날 필요 없다. 내가 왕에게 아뢰어 200리를 120리로 줄여주겠다."

왕은 촌장의 말을 듣고 즉시 법을 바꿔 200리를 120리로 줄여주었다.

이 소식을 듣고 사람들이 크게 기뻐하였다. 이 모습을 보고 어느 현명한 사람이 그들에게 말했다.

"여전히 본래의 200리 길을 걸어야 하는 데는 변함이 없다."

하지만 마을 사람들은 촌장과 왕의 말을 믿고 그곳을 떠나지 않았다.

이 이야기는 중국의 조삼모사(朝三暮四)라는 고사성어를 상기시킨다. 아침에 세 개를 주고 저녁에 네 개를 주나 아침에 네 개를 주고 저녁에 세 개를 주나 똑같은데 무엇인가 변화가 일어난 것처럼 기뻐한다.

우리의 두뇌 구조는 언어에 속아넘어가기 쉽게 되어 있다. 오랫동안 그렇게 훈련되어왔기 때문에 언어의 힘을 믿는 것이다. 하지만 실질적인 삶의 모습과 내용은 그것을 가리키는 언어가 바뀌었다고 해도 변함이 없다. 마치 정당이 색깔을 바꾸고 이름을 바꿔도 그 안에서 일하는 정치인들은 똑같은 것처럼 말이다.

선불교의 유래를 염화시중(拈華示衆)으로 보기도 한다. 붓다가 불법(佛法)을 묻는 대중에게 말없이 연꽃을 들어 보이니 마하

가섭이 미소를 지었다는 작은 일화의 의미가 그만큼 큰 것이다.

언어로 전할 수 없는 법이 진리인 것처럼, 우리 마음의 본체도 언어를 떠나 있다. 이것을 사자성어로 불립문자(不立文字, 깨달음은 언어가 아니라 마음에서 마음으로 전한다)라고 한다. 문자를 떠나 있는 것이다. 진정한 지혜는 마음이 바뀌는 데 있는 것이다. 온갖 이론과 철학을 배워도 실질적으로 내 마음이 바뀌지 않으면 아무리 그럴듯하고 현학적인 미사여구도 다 허사일 뿐이다.

질그릇을 구하러 떠난 사람

― 욕망에 대한 타는 목마름

옛날 한 스승이 제자에게 말했다.

"잔치에 쓸 질그릇이 필요하니 돈을 주고 옹기장이 한 사람을 구해오너라."

제자는 옹기장이 집으로 갔다. 그런데 옹기장이는 슬픔에 잠겨 있었다.

"왜 그렇게 괴로워하십니까?"

"여러 해 동안 힘들게 질그릇을 만들어서 나귀에 싣고 시장에 내다팔려고 했습니다. 그런데 잠깐 한눈파는 사이에 이 나귀가 질그릇을 모두 부숴버렸지 뭡니까?"

제자는 그 말을 듣고 눈을 반짝거렸다.

"몇 년 동안 힘겹게 만든 것을 한꺼번에 부숴버렸으니 이 나귀야말로 참으로 대단한 능력을 갖고 있군요. 제가 이 나귀를 사겠습니다."

옹기장이는 기쁨을 감추지 못한 채 나귀를 그 자리에서 팔아치웠다.

제자는 의기양양하게 나귀를 타고 돌아와, 놀란 스승에게 옹기장이가 아닌 나귀를 사온 이유를 말했다.

"이 나귀가 옹기장이보다 훌륭합니다. 옹기장이가 오랫동안 만든 질그릇을 잠깐 사이에 부숴버렸습니다."

스승은 그 말을 듣고 혀를 차며 말했다.

"너는 참으로 미련하구나. 지금 이 나귀는 부수는 데는 뛰어나지만 백년을 두어도 질그릇은 하나도 만들지 못할 것이다."

인생은 고해라고 한다. 우리는 완전한 안식을 얻지 못한 채 늘 걱정거리를 안고 산다. 어리면 어린 대로 나이들면 나이든 대로, 없으면 없는 대로 가지면 가진 대로 괴로워한다. 우리를 진정으로 괴로움에서 해방시켜줄 수 있는 것은 무엇일까?

권력과 재물은 힘이 있지만, 힘이 있기 때문에 모두 유용한 것은 아니다. 나귀는 힘이 세지만 질그릇을 부수는 데 재간이 있지 평생 질그릇 하나 만들지 못한다. 권력과 재물 역시 그렇다. 그것들은 기껏 쌓아온 공덕과 마음공부를 부수는 흉기나 재앙이 되기 쉽다.

우리가 이렇게 세상의 명리만을 구해 남을 속이고 나 자신을 속이며 고통받는 것은 이 이야기의 주인공처럼 무명(無明)이라는 어리석음에 빠져 욕망에 대한 갈증에 사로잡혀 있기 때문이다.

무명은 빛이 없는 어둠이니, 지혜가 밝지 못해 괴로움을 겪는 것이다. 바른 도리를 모르고, 삼독(三毒)에 빠져 삼악도에서 헤어나지 못하는 것을 말한다. 그것은 우리가 삼독인 탐진치(貪瞋癡, 탐욕, 분노, 어리석음)에 빠져 삼악도인 축생, 아귀, 아수라와 같은 세계에 사는 것을 말한다.

욕망에 대한 갈증과 그로 인한 괴로움의 원인을 불교에서는 갈애(渴愛)라고 한다. 갈애란 좋아하고 애착을 가지는 대상에 대한 타는 목마름이다. 인도에서 생긴 불교철학에는 인도의 자연환경이나 생활양식과 관련된 많은 용어들이 있다. 더운 나라이기 때문에 햇볕, 뜨거움, 더위, 목마름에 대한 감정이 상대적으로 강했을 것이다. 따라서 괴로움의 원인도 이렇게 목마름이라는 단어로 표현되었다.

어쨌든 좋아하는 것에 대한, 원하는 것에 대한 갈증이 갈애이고, 이것이 괴로움의 원인이다. 우리는 늘 무엇인가의 결핍으로 목말라한다. 혹은 무엇인가에 대한 애착으로 목말라한다. 우리의 목마름을 해결해줄 수 있는 근본적인 치유법은 무엇일까? 우리는 그것을 목마름의 원인에서부터 찾아야 할 것이다.

불교철학에서는 갈애가 오온(五蘊)으로부터 시작된다고 본다. 오온은 사람을 구성하는 다섯 가지 요소인데, 색온과 수온, 상온, 행온, 식온으로 나눠볼 수 있다. 흔히 줄여서 색수상행식(色受想

行識)이라고 한다.

이를 구체적으로 살펴보면, 먼저 색온이라는 것은 감각을 느끼는 육체적 기제를 말한다. 수온은 수동적인 느낌을 말하는데, 고통이나 즐거움 등의 각종 감정과 감각을 느끼는 것을 말한다. 상온은 모든 대상에서 보편성을 끌어내어 추상할 수 있는 생각의 기제를 말하고, 행온은 행동과 의지의 기제를 말하며, 식온은 모든 분별과 판단의 기초가 되는 인식의 기제를 말한다.

이 다섯 가지 기제는 스스로 활동하기보다는 주로 앞서 말한 삼독 즉 탐진치와 어울려서 활동한다. 그러니까 오온에 탐진치가 얽히면서 모든 번뇌와 고통이 발생하는 것이다. 오온에 탐진치가 달라붙으면서 갈애가 발생하는 것이다.

이 갈애를 없애는 가장 간단한 방법은 범어로 사티(sati)라고 하는 알아차림이다. 자신이 갈애를 느끼고 있다는 것을 먼저 알아차려야 한다. 알아차린 후 한발 물러서서 그것을 관찰한다. 그렇게 자신의 갈애를 객관화해서 바라볼 수 있게 되면, 갈애는 점점 힘을 잃고 약해진다. 갈애가 스스로 흘러가는 것을 지켜보고 있으면 어느새 사라진다. 이러한 알아차림과 물러서서 관찰하는 것이 갈애를 없앨 수 있는 가장 간단한 방법이다. 물론 이것을 제대로 하기 위해서는 오랫동안 집중하고 반복하는 훈련과 노력이 필요하다.

『백유경』에서 상가세나는 갈애를 모두 끊은 사람은 물질세계와 정신세계를 모두 떠나 열반에 들게 된다고 했다. 갈애를 끊는 과정에서 세 가지 큰 번뇌, 즉 탐욕, 분노, 어리석음을 이겨내고 열반이라는 깨달음을 얻는다는 말이다.

열반이라는 단어가 나왔으니 잠깐 짚어보면, 우리가 흔히 깨달음이라는 의미로 사용하는 열반이란 불이 꺼졌다는 뜻이다. 니부타(nibbuta)라는 단어가 열반과 깨달음을 의미하는 니르바나(nirvana)가 되었는데, 니부타는 번뇌의 불길을 끈다는 뜻이다. 우리는 갈애를 이겨내고 번뇌의 불길을 끄기 위해서 마음공부의 지혜를 얻고, 마음공부로 알게 된 수행을 계속해나가야 한다.

사실 이러한 만심(慢心)을 모두 없애기란 매우 어려운 일이다.

그러나 자신을 돌아보고 그것을 줄이려는 노력이라도 하면

자신의 삶을 훨씬 가볍게 만들고

다른 사람과의 교감도 원활하게 만들어줄 것이다.

어른이 되는 약

— 가장 빠른 길은 어떤 길인가?

어떤 나라의 왕이 딸을 낳았다. 왕은 성장한 딸의 모습을 보고 싶었다. 신하들을 불러서 딸을 빨리 성장시킬 방법을 찾으라고 채근했지만 아무도 답을 찾지 못했다. 신하들은 수소문 끝에 나라에서 제일가는 의원을 찾아오기로 했다. 왕이 의원을 불러서 말했다.

"내 딸에게 약을 먹여서 빨리 성장하도록 해보라."

"제가 공주님을 빨리 성장시킬 수 있는 약을 알고 있습니다. 하지만 당장은 그 약을 구할 수 없습니다. 그리고 그 약을 구할 때까지 공주님을 보지 않아야 약의 효과가 있습니다. 제가 약을 구해올 때까지 기다릴 수 있겠습니까?"

왕은 성장한 딸의 모습을 보고 싶은 욕심에 그렇게 하겠다고 약속했다.

의원은 곧 약을 구하러 떠났고, 12년 후에야 돌아와 공주에게 약을 먹였다. 12년 동안 공주는 많이 성장해 있었다. 공주를 아름답게 꾸며서 왕에게 보이니 왕은 크게 기뻐했다.

"참으로 훌륭한 의원이다. 내 그대에게 큰 상을 내리리라."

그러고는 신하들에게 명하여 의원에게 보물을 하사했다.

신하들은 왕이 보이지 않는 곳에서 자기들끼리 쑥덕거렸다.

"공주가 12년 동안 자란 것은 모르고 그저 성장한 모습만 보고 약의 힘이라고 믿으니 참으로 어리석은 왕이다."

마음의 평안과 자유를 얻는 데는 과정이 필요하다. 우리의 마음이 성숙해지는 데도 일정한 과정과 시간이 필요한 것이다. 이 이야기에 나오는 12년을 12연기(緣起)에 빗대어 설명하기도 한다. 여기에 딸린 해석에는 이런 이야기가 나온다.

"수행자는 선지식을 찾아 당장 깨달음을 달라고 한다. 그러면 스승은 그를 꾸짖어 좌선을 하게 하고, 12연기를 관하게 하며, 점차 공덕을 쌓아 아라한(수행자의 가장 높은 단계)이 되게 한다. 그러면 그제서야 수행자는 알게 된다. 스승이 가장 빠른 길로 나를 인도하셨구나."

12연기는 노사(老死), 생(生), 유(有), 취(取, 집착), 애(愛), 수(受), 촉(觸), 육처(六處), 명색(名色), 식(識), 행(行), 무명(無明)으로 구성되어 있다.

노사의 원인은 생, 생의 원인은 유라는 식으로 옮겨가서 무명에까지 도달한다. 간단하게 정리하면, 우리가 살아가는 모든 것의 출발점이 무명, 어리석음, 어둠에서 비롯된다는 말이다. 생사고(生死苦)에서 벗어나려면 생사가 모두 실체가 없는 것, 무명으로 인해 발생한 허상이라는 것을 알아야 한다. 그리고 그 12연기를 차례로 관하듯이, 단번에 모든 것을 성취하려고 하기보다는 절차를 하나씩 밟아나가야 한다.

어느 유명한 검술가에게 아들이 있었다. 그 사람은 아들이 자신보다 더 뛰어난 검술가가 되기를 바랐기 때문에 아들의 검술 실력이 더디게 느는 것에 화가 났다. 결국 아들에게 검의 도를 깨치지 못하면 부자의 인연을 끊겠다고 선언했다. 아들은 당장 최고의 검술가를 찾아서 방랑길에 올랐다. 어느 날 드디어 명검객을 만났다.

"정녕 나에게 검술을 배우겠느냐? 쉽지 않을 텐데."

아들은 무슨 일이 있어도 끝까지 배우겠다면서 버텼다. 그리고 검객에게 물었다.

"열심히 노력하면 몇 년이면 되겠습니까?"

"한 십 년은 걸릴 것이다."

"제 아버지가 노경이라서 그렇게 오래 걸리면 좀 곤란합니다. 제가 아버지를 모셔야 하니까요. 제가 더 열심히 하면 얼마나 걸릴까요?"

검객은 잠시 생각에 잠겼다가 이렇게 말했다.

"한 30년은 걸릴 것이다."

아들은 검객이 자신의 말을 잘못 들은 줄 알고 다시 말했다.

"어떤 고난이 따르더라도 저는 서둘러 검술을 배우고 싶습니다."

검객은 냉정하게 다시 대답했다.

"그러면 한 50년은 걸릴 것 같구나."

서두르면 더 늦어지는 법이다. 마음공부를 열심히 하는 것도 중요하지만 태도와 자세도 마음공부에 걸맞게 하는 것이 중요하다. 욕심을 부리지 말고 한 걸음 한 걸음 나아가는 것이 가장 빠른 길이다.

물속에 버리는 사람
— 희망을 버리지 말라

어느 가난한 사람이 재물을 조금 갖고 있었다. 큰 부자를 보고 는 그 사람처럼 되고 싶었다. 그러나 뜻대로 되지 않자 그 재 물을 물속에 버렸다. 그것을 보고 있던 친구가 말했다.

"그대의 재물이 비록 보잘것없으나 점차 늘려갈 수 있었을 것이다. 그대의 앞길이 창창한데 어찌 그것을 물속에 버렸는 가?"

자신의 현재 모습이 용렬하다고 해서 희망을 버리면 안 된다. 적어도 자신의 모습을 객관적으로 볼 수 있는 것만으로도 위대 한 내면의 힘을 갖고 있는 것이다. 큰 재물도 모두 작은 재물에 서 시작된 것이다. 공덕과 마음을 닦아나가면 언젠가 큰 지혜를 얻고 큰 인물이 될 것이다. 다만 중요한 것은 희망을 잃지 않고 스스로 주인이 되어 올바른 방향으로 나아가는 것이다

옛날 영우라는 스님이 고승인 백장선사를 찾아뵙고 제자가 되었다. 영우 스님은 수행에 심혈을 기울였으나 깨달음을 얻지 못해 답답했다.

하루는 백장선사가 영우와 함께 화롯불을 쬐다가 화롯불이 꺼지는 것을 보고 말했다.

"화로에 불씨가 있는지 뒤적여봐라."

영우가 불씨를 뒤적이며 말했다.

"불씨가 하나도 없습니다."

그러자 백장이 직접 잿더미 속을 한참이나 뒤적이다가 작은 불씨 하나를 찾아냈다.

"이건 불씨가 아니고 무엇이냐?"

영우는 그 말에 크게 깨닫고 백장에게 절을 했다.

이 이야기는 우리에게 말한다. 포기하지 말고 더 깊이 파고들어라. 반드시 새로운 세계를 만날 수 있을 것이다. 『주역』에 궁즉변(窮卽變), 변즉통(變卽通)이라는 말이 있다. 궁한 즉, 다시 말해 어려움이 끝에 이르면 변하고, 변한 즉 통한다, 문제가 해결된다는 말이다. 이 말은 또 이렇게 해석할 수 있다. 끝까지 나아간 즉 변화하고 변화하면서 새로운 세상과 통한다. 현실적인 문

제든 마음공부든 도망가지 말고 현실에 직면하여 끝까지 나아갈 각오를 다져야 한다.

급하게 먹는 사람의 비밀
― 오래 묵은 습관에 대하여

북인도의 어떤 사람이 남인도로 이사를 가서 결혼을 하게 되었다. 신혼 첫날, 남편을 사랑하는 아내는 음식을 정성껏 푸짐하게 차려주었다. 그런데 음식을 먹는 남편은 급하기 이를 데 없었다. 뜨거운 국을 입천장을 데어가면서 서둘러 먹었고, 다른 반찬도 마찬가지로 순식간에 먹어치웠다.

이런 남편을 며칠 동안 지켜보기만 하던 아내가 참다못해 물었다.

"음식을 뺏어먹을 사람도 없는데 왜 그렇게 매번 급하게 드십니까?"

남편이 웃으면서 차분하게 대답했다.

"아주 중요한 비밀이 있는데 당신에게는 말할 수가 없소."

아내는 더욱 궁금하여 물었다.

"우리는 부부인데, 매일 겪어야 할 일을 비밀이라고 밝힐 수 없다면 어떻게 평생을 함께 살아가겠습니까?"

몇 번을 간절히 묻자, 남편은 아내의 간곡한 청을 거절할 수 없어 사연을 말했다.

"사실은 우리 할아버지 때부터 음식을 빨리 먹었소. 나도 그것을 본받아 이렇게 빨리 먹는 것이오."

이 이야기는 불교철학에서 말하는 훈습(薰習)에 대한 것이다. 오랫동안 자기가 익힌 습관을 훈습이라고 한다. 도둑질을 오래 한 사람은 자신도 모르게 남의 것을 훔치는 습관이 붙어 있다. 향기 훈 자에 익힐 습 자다. 오래 익혀서 향기처럼 몸속에 젖어 있는 것을 말한다.

훈습은 그대로 업이 된다. 그래서 그러한 업식(業識)에 의해서 살아가는 것이다. 부모를 잘 모시는 것도 공부하기를 즐기는 것도, 거짓말을 잘하고 남을 괴롭히는 것도 이러한 업식에 의해서 나타나는 것이다. 나쁜 업을 없애려면 마음을 바꿔야 하는데, 그것은 상당한 수행과 노력을 필요로 한다.

물론 오랫동안 훈습되어온 습관을 하루아침에 바꿀 수도 있다. 하지만 그것도 보이지 않는 곳에서 숨은 노력을 지속하고, 그것을 없애려는 마음을 오랫동안 품고 있음으로써 가능한 일이다. 이렇게 훈습된 업식을 모두 씻어내면 번뇌 망상이 없어진 청정한 자성을 찾게 되는 것이다.

훈습은 우리가 살면서 세상으로부터 영향을 받아 우리에게 자신도 모르게 스며든 것이다. 향내나 가랑비와 같이 젖어드는 것을 훈습이라고 한다. 이러한 훈습은 우리에게 하나의 고정관념과 습관이 된다.

이 이야기의 주인공은 더이상 급하게 먹지 말고 아내가 차려준 밥상을 천천히 음미하며 먹는 습관을 길렀으면 좋겠다. 입을 델 지경인 뜨거운 국과 반찬을 그렇게 급하게 먹어서는 아무리 맛이 좋아도 그 맛을 알 수가 없을 것이다. 삶도 마찬가지다. 좋은 것이든 나쁜 것이든 그 의미를 제대로 알려면 조금 천천히 관조할 필요가 있다. 그리고 그런 관찰의 과정에서 허상과 환상과 가짜가 벗겨지고 삶의 실상이 드러나는 것이다.

경쟁을 부추기는 사회에서는 숨쉴 틈을 주지 않는다. 지체하고 멈춰서 있거나 조금 천천히 가는 사람을 '루저'라고 냉혹하게 몰아붙이는 사회다.

요즘 유행하는 시가 있다. 천천히 오래 봐야 예쁘다는 시다. 식당 출입구에도 붙어 있는 것을 보았다. 우리가 얼마나 숨쉴 틈 없이 허겁지겁 살고 있으면 이런 시가 유행하겠는가. 도시에서 직장생활이나 사업을 하는 사람들은 물론이고 어린 학생들까지 경쟁에 내몰려 마치 채찍을 맞는 노예처럼 살고 있다.

이 이야기를 통해서 말하고 싶은 핵심적인 것은, 우리 마음의 나쁜 습관에 대한 것이다. 우리는 악습에 빠져 있으면서도 그 고리를 쉽게 끊지 못한다. 과거부터 이어져온 것이기 때문에 정당하다는 환상을 갖기도 한다. 인간의 이성이 가지는 대표적인 착각이다.

우리 마음의 습관도 마찬가지다. 우리에게 늘 고통과 괴로움을 안기는데도 우리는 과거로부터 전승되어온 것이기 때문에 당연하다거나 바꿀 수 없을 것이라는 고정관념을 갖고 있다. 악몽에서 깨어나듯 당장 깨어나려고 해야 한다. 과거로부터 훈습된 마음의 악습, 그 악몽 같은 악습에서 벗어나고서야 지난날 자신이 얼마나 어리석었는지 잘 알게 될 것이다. 마음공부는 자기변혁을 위해, 이렇게 훈습되어온 관성에서 벗어나는 일로부터 시작된다.

남의 아내를 만난 남자
— 편견에서 벗어나기

옛날 어떤 사람이 남의 아내와 정을 통하고 있는데 그 남편이 들이닥쳤다. 여자가 말했다.

"내 남편이 이미 알고 있으니 피할 곳이 없습니다. 오직 저 마니로만 나갈 수 있습니다."

마니는 하수구를 말하는 것이었다. 그런데 남자는 그것을 잘못 알아들었다.

'나는 마니주(摩尼珠, 여의주, 보배로운 구슬)를 찾지 못하면 결코 나가지 않을 것이다.'

마니주라는 보물만 찾던 남자는 그 남편에게 붙잡혀 큰 고초를 겪었다.

마니주라는 구슬을 통해서 어떻게 밖으로 나갈 수 있다는 말인가? 이것은 우리가 마음공부를 할 때 문자에만 연연하는 것을 풍자한 이야기다. 해탈할 생각은 하지 않고 문자에만 사로잡혀 시간을 보낸다.

문자에만 빠지면 치우친 견해를 갖게 된다. 내가 있다 없다, 세상은 공하다 공하지 않다, 세계는 한정이 있다 없다 등등 어느 한쪽의 치우친 견해에 시달리며 인생을 허비한다. 양쪽의 치우친 견해를 떠나서 중도를 얻어야 해탈을 얻는다.

문자의 이론에만 사로잡혀 바른 지혜를 닦지 않으면 우리의 마음공부도 어느 한쪽으로 치우치기 쉽다. 이렇게 한쪽으로 치우친 지혜를 경계하는 것이 불법(佛法)의 일관된 철학이다.

이처럼 치우친 견해의 대표적인 예로, 불교철학에서 말하는 단견(斷見)과 상견(常見)을 들 수 있다. 단견은 죽으면 나라는 존재가 단절된다는 것을 이야기하며, 상견은 변하지 않고 실재하는 나라는 존재가 항상 있다는 것이다.

단절된다고 생각하면 허무론에 빠지기 쉽고, 영원히 실재한다고 생각하면 자아에 대한 아만(我慢, 스스로 잘난 체하고 남을 무시하는 마음)에 빠지기 쉽다. 따라서 허무하지 않고 모든 것이 존재하는 바른 실상인 묘유(妙有)에 대해서도 알아야 하고, 모든 것이 변하기 때문에 영원히 실재하는 실체는 없다는 진공(眞空)에 대해서도 알아야 하는 것이다. 그리고 그 진공과 묘유가 같은 것이라는 것, 하나라는 것을 깨닫는 것이 마음공부의 큰 지혜다.

이러한 지혜를 머릿속으로 이해만 하는 것이 아니라 온몸과 온 존재로 체득하여 더 높은 곳이 없는 완전한 지혜를 얻기 위해 나중에 설명할 지관(止觀)수행과 같은 실천적인 수행을 하는 것이 바른 마음공부의 길이다.

여우의 옷을 입다
― 물들지 않기 위하여

중국 모을이라는 지방에 술을 파는 장사꾼이 있었다. 그는 술을 빚을 때 특별한 약물을 넣어서, 그 술을 마시면 더 빨리 취하도록 했다. 그래서 아무리 술을 잘 마시는 사람이라도 모을의 술은 조금만 먹어도 취했다. 사람들은 그가 술을 잘 빚는다고 해서 중산(中山, 고대에 술을 잘 빚은 것으로 유명했던 사람)이라는 별명을 붙여주었다. 물론 그는 이내 엄청난 부자가 되었다.

그러던 어느 날이었다. 모을이 아침에 뒤뜰로 나가보니 여우한 마리가 술에 취해 술독을 꺼안고 쓰러져 있었다. 모을이 끈으로 묶고 목을 베려 하자 여우가 일어나면서 통사정을 했다.

"살려만 주시면 뭐든지 하겠습니다."

모을이 끈을 풀어주자 여우는 놀랍게도 사람으로 변했다.

모을이 사는 마을에 손씨라는 사람이 있었다. 그 집안의 며느리가 여우에게 농락을 당한 적이 있는데, 모을이 붙잡은 여우가 그게 자신의 짓이라고 실토했다. 이야기를 들은 모을은 그 여자의 여동생이 예쁘다는 소문을 들어 알고 있었으므로 여우를 이용해 그 여자를 훔쳐올 생각을 했다.

여우는 난감했지만 모을의 협박에 못 이겨 결국 동굴로 돌아가 갈색 옷을 건네주었다.

모을이 그 옷을 입자 사람들이 그가 있는 것을 알아보지 못했다. 그는 갈색 옷을 입고 손씨 집으로 향했다. 손씨 집 담벼락에는 용이 그려진 큰 부적이 붙어 있었다. 따라간 여우는 그 부적을 보고 깜짝 놀라며 벌벌 떨었다. 그 부적은 손씨 집에서 여우를 물리치려고 스님에게 부탁해서 붙여놓은 것이었다.

"저는 무서워서 못 들어가겠어요."

모을도 그 말을 듣고 겁이 나서 돌아갔다. 다음날 스님이 제단을 쌓고 여우를 물리치는 주문을 외기 시작했다. 마을 사람들이 많이 모여 그 모습을 구경했고, 모을도 사람들 틈에 끼어 구경했다. 그런데 갑자기 모을의 안색이 달라지면서 무엇인가에 이끌리듯 끌려가 제단 앞에서 여우로 변해버렸다.

사람의 옷을 입은 여우를 본 스님이 그 자리에서 모을을 죽이려고 하자, 모을의 아내가 울면서 사정하는 바람에 돌려보내주었다. 집에 돌아온 모을은 며칠을 앓다가 결국 죽고 말았다.

사람이 욕망에 사로잡혀서 변하는 것이 이런 것이다. 욕망에 사로잡힌 사람들은 나쁜 수단을 동원하기 시작하면 그 나쁜 수단이 결국 자기 자신이 되어버린다는 것을 모른다. 자신도 모르게 서서히 괴물이 되고 마는 것이다. 헛된 욕망은 생기는 즉시 끊어내는 것이 그래서 중요한 것이다. 잘못된 수단을 동원하면 반드시 그 칼에 자신이 상하고, 나쁜 방법에 물드는 순간 이 이야기의 나쁜 여우와 같이 괴물이 된다는 것을 깊이 자각해야 한다.

나쁜 수단은 아예 가까이하지 않는 것이 좋다.

중국 당나라 때 전어사라는 벼슬을 지낸 왕의방이라는 사람이 있었다. 그는 벼슬에서 물러난 후 위주라는 지방으로 가서 서당 훈장을 하고 있었다. 같은 동네에 곽무위라는 사람이 있었는데, 그가 왕의방에게 신비한 재주를 가르쳐주겠다고 했다.

왕의방은 처음에는 무덤덤하다가 나중에는 관심이 생겨서 그게 무엇이냐고 물었다. 그것은 신령한 여우들을 부리는 기술이었다. 왕의방은 결국 호기심이 생겨서 그 재주를 배웠지만, 한편으로는 미심쩍은 마음도 있었고 또 한편으로는 귀찮은 마음에 그 재주를 쓰지 않았다. 그러자 어느 날부터 여우들이 찾아와 그를 괴롭히기 시작했다.

책을 읽고 있는 왕의방에게 기왓장을 던지기도 하고 책장을 찢어버리기도 했다. 그러면서 여우들은 나중에 무슨 재주를 부려서 우리들을 괴롭히려는 거냐며 왕의방을 추궁했다. 밤낮을 여우에게 시달리던 끝에 왕의방은 결국 죽고 말았다.

배운 게 도둑질이라는 말이 있다. 무슨 재주든 있으면 쓰게 되고, 결국 그런 일에 얽히게 되는 법이다. 나쁜 재주는 아예 시작도 하지 않는 것이 좋다. 한번 나쁜 곳에 발을 담그면 빠져나오기 힘들다. 이미 시작했다면 미적미적 미루지 말고 단칼에 끊어내야 한다.

어느 환자의 고민

— 혼자서 가는 길

옛날 어떤 사람이 머리카락이 없어서 고민이었다. 여름에는 햇살이 너무 뜨거웠고, 겨울에는 너무 추웠다. 또한 밤에는 모기 같은 벌레들이 물어서 괴로웠다.

그래서 여러 가지 술법을 잘 쓴다는 의원을 찾아갔다.

"청하건대 부디 제 병을 고쳐 머리카락이 자라나게 해주십시오."

그 말을 들은 의원은 모자를 벗어 자신의 머리를 보여주었다.

"나도 그 병으로 괴로움을 겪고 있는 중이오. 내가 당신의 병을 고칠 수 있다면 먼저 내 병부터 고쳤을 것이오."

이 이야기에 딸린 글에는, 생사의 걱정을 덜고 안락한 곳에서 영원히 살기를 바라는 어느 구도자에게 바라문(브라만 계급의 성직자)이 말하는 내용이 나온다.

"나도 생로병사가 걱정되어 영원히 살 곳을 찾았으나 끝내 찾지 못했소. 그대를 고칠 수 있다면 내가 먼저 내 병을 고친 다음에 당신의 병을 고칠 것이오."

사람들은 자신의 마음이 흔들리면 그 마음을 붙잡기 위해서 의지할 사람을 찾아가는 경향이 있다. 그러다 조금 도움을 받으면 그 도움을 준 사람, 예를 들면 가족이나 선배, 스승, 요즘은 멘토라고 하는 사람들에게 의지하려고 한다. 그러다 나중에는 수단과 목적이 전도되어 자신이 의지하는 사람을 위하여 자신이 정한 규칙을 어기거나 악업을 쌓거나 마음을 상하게 된다. 결국 실망하고 마음공부의 길만 흐트러뜨린다. 마음공부도 마지막에 가서는 자기 마음의 본성을 스스로 깨쳐야 한다. 다소 극단적으로 말하자면 사람에게서는 근본적인 답을 찾을 수 없다. 불교철학에서는 조사(祖師, 큰 스승)도 죽이고 붓다도 죽이라고 했다.

좋은 스승이란 제자를 자기 옆에 붙들어두고 답을 알려주는 것이 아니다. 스승은 제자의 공부 단계에 맞는 안내나 도움을 줄 수 있을 뿐이다.

중국 선불교의 향엄이라는 스님은 백장선사의 제자로 경전에 밝았지만 여전히 깨달음을 얻지 못했다. 백장이 죽자 그의 수제자인 영우를 스승으로 삼고 불법을 닦았다.

영우가 어느 날 향엄을 불러 말했다.

"네가 평생 읽은 경전에 대해서는 말하지 않겠다. 네가 태어나기 전 너 자신의 본모습에 대해 말해보아라."

향엄은 아무런 대답도 못했다.

"스승님께서 말씀해주십시오."

"내가 말하면 그것은 나의 답이지 너의 답이 아니지 않느냐?"

향엄은 숙소로 돌아와 그동안 읽은 책들을 모조리 뒤져보았지만 답을 찾을 수 없었다. 그는 탄식하며 말했다.

"그림의 떡으로는 배를 채울 수가 없구나."

그는 자신의 책을 모두 태워버렸다.

'이제 경전 공부는 더이상 하지 않겠다. 차라리 정처 없이 떠돌아다니며 빌어먹는 중이나 되리라.'

그렇게 곳곳을 떠돌던 향엄은 어느 오래된 절에 잠시 머물게 되었다. 그곳에서 곡괭이로 잡초를 뽑다가 곡괭이에 걸린 기왓장 한 조각을 뽑아 대나무 숲에 집어던졌다. 그때 기왓장이 대나무에 맞아 쨍그랑 하는 맑은 소리를 냈다. 향엄은 그 소리를 듣고 크게 깨달았다. 그리고 영우가 있는 곳을 향하여 절을 했다.

'스님이 그날 만약 답을 말씀해주셨으면 제가 어찌 오늘의 깨달음을 얻을 수 있었겠습니까?'

근본적인 답은 스승이 대신 해줄 수 없다. 결국 자기 스스로 찾는 수밖에 없는 것이다.

불교의 심리학이라고 할 수 있는 유식론(唯識論)의 뼈대를 만든 무착에게는 다음과 같은 일화가 있다. 무착이 하루는 저 높은 고원의 산방에서 홀로 수행하고 있었다. 어느 날 팥죽을 먹으려고 솥에 끓고 있는 팥죽을 큰 주걱으로 젓고 있었다. 그때 문수보살이 나타났다. 문수보살은 세상 사람들이 전부 붓다가 되기 전에는 붓다가 되지 않겠다고 스스로 서원한 보살이다. 문수보살은 무착이 어떻게 지내는지 궁금하던 터에 신통력으로 그 팥죽에 환영으로 얼굴을 드러내며 이렇게 물었다.

"무착, 요즘 잘 지내는가?"

고명한 문수보살이 나타나 안부를 물으면 절이라도 할 판인데, 무착의 반응은 달랐다. 팥죽을 젓던 주걱으로 느닷없이 문수보살의 뺨을 때렸다. 그러면서 한 말이 걸작이다.

"문수는 문수고, 무착은 무착이다."

이 설화는 마음공부를 하는 사람의 자세에 대해서 일러준다. 절대적인 진리, 대자유에 이르는 지혜는 사람이나 권위에 의존하지 말고 자기 스스로 닦아야 한다는 것이다.

셋째 풍경

———————

번뇌의
거울

오늘도 멈추지 말고 조금씩 걸어라.

신선한 소젖을 얻으려면 매일 짜야 한다.

청정한 마음을 얻기 위해서도

어느 날 갑자기가 아니라 매일 정진해야 한다.

서로 다른 두 형제

―번뇌를 즐기는 사람들

어떤 나라에 대규라는 사람이 살았다. 그는 거문고를 타고 책을 읽으며 벼슬길에 나서지 않고 은거했다. 그의 명망을 듣고 조정에서 관직을 맡기려 했으나 끝내 세간(世間, 세속)에 나아가지 않았다.

하지만 대규의 형은 출세욕이 강해서 공부도 하고 분주하게 돌아다니며 사람들을 만났다.

하루는 대규의 지인이 그에게 물었다.

"그대 집안의 두 형제는 어쩌면 그렇게 생각하는 것이 다른가?"

대규는 웃으며 대답했다.

"저는 걱정이 많은 것을 싫어하고, 형은 그것을 즐기는 것뿐입니다."

세상은 번뇌투성이인데, 우리는 마치 번뇌를 즐기는 것처럼 살고 있다. 이 이야기에서 대규는 세속에 빠져 지내는 사람들을 풍자하고 있다. 우리는 번뇌로 고통받고 있다는 사실 자체를, 그리고 번뇌의 실체를 하루라도 빨리 자각해야 한다. 그러지 않으면 마치 그것을 즐기는 사람처럼 되어, 번뇌가 마음의 빈자리에서 계속해서 번뇌를 생산하고 또 그것으로 고통받는 일이 반복될 것이다.

우리는 저마다의 삶에서 가장 문제가 되는 번뇌에 대해 하나하나 거울에 비춰보듯 살펴봐야 할 것이다. 우리를 힘들게 하는 것은 우리가 모르는 것들이다. 먹고살기에 바빠 맞부딪치기 싫어서 한쪽으로 제쳐둔 채로 무슨 일이 벌어지고 있는지 모르는 것, 우리가 외면해온 것들이 우리의 가슴속에 남아 우리를 불안하게 하는 것이다.

어릴 적에도 차라리 부모님에게 혼나고 나면 오히려 마음이 편해지지 않던가? 혼나기 전까지가 정말 괴로운 것이다. 그런 의미에서 지금껏 우리가 외면해온, 우리를 괴롭히는 마음들을 거울에 비춰보듯 하나하나 밝게 비춰보는 것이 번뇌를 없애는 데 큰 도움이 될 것이다. 피하지 말고 대면해서 어떻게 관리하고 해결할지 생각을 모아야 한다.

그 도구는 불교철학 중에서도 유식론이라는 거울이 될 것이다. 유식론(오직 마음밖에 없다는 철학을 바탕으로 하는 불교이론)은 앞에서도 말했듯이 불교의 심리학이라고 할 정도로 사람의 마음에 대해서 꼼꼼히 살펴보고 있기 때문이다. 유식론에서는 번뇌를 크게 여섯 가지로 나눈다. 삼독(三毒, 사람을 괴롭히는 세 가지 독)이라는 탐진치(貪瞋癡)와 거기에 만의견(慢疑見)을 더한 것이다.

탐욕을 말하는 탐, 자신의 기대에 어긋나거나 마음에 들지 않을 때 분노하는 진, 실체와 진리에 대해 어두워서 어리석은 치, 오만한 마음인 만, 모든 것을 의심하기만 하고 믿지 못하는 의, 바른 견해에서 벗어나 고통을 만드는 악견(惡見)까지 포함해서 여섯 가지 번뇌를 근본번뇌라고 한다.

'탐진치만의악견'이라는 근본번뇌를 좀더 구체적이고 총체적으로 풀이한 것이 수번뇌(隨煩惱)다. 큰 번뇌가 있기 때문에 자연스럽게 따라오는 번뇌라고 해서 따를 수(隨)라는 글자를 번뇌 앞에 붙인 것이다.

수번뇌는 근본번뇌를 상세하게 분류해서 풀어놓기 때문에 사실은 근본번뇌의 내용을 모두 포함하고 있다. 그러니 근본번뇌는 잊어버리고 수번뇌라는 보다 넓은 그릇으로 여러 번뇌를 모두 담아본다고 생각하길 바란다. 수번뇌에는 총 스무 가지가 있다. 분, 한, 부, 뇌, 질, 간, 광, 첨, 해, 교, 무참, 무괴, 도거, 혼침, 불신, 해태, 방일, 실념, 산란, 부정지인데, 무참과 무괴는 성격이 아주 비슷하여 하나로 묶었다. 이제부터 하나하나 짚어볼 텐데,

번뇌의 뿌리가 되는 아치, 아만, 아애, 아견까지 살펴볼 것이다.

그럼 나를 괴롭히는 마음들에 대해서 옛날이야기들과 함께 수번뇌의 다양한 모습들을 하나하나 살펴보자. 우리 자신의 번뇌를 돌아보면서 함께 생각해보자.

떡 먹기 내기
— 간의 번뇌

옛날 어떤 부부가 떡 세 개를 선물 받아 나눠먹게 되었다. 각자 하나씩 먹고 하나가 남자 두 사람은 내기를 했다.

"지금부터 누구든 말을 먼저 하는 사람은 이 떡을 먹을 수 없소."

이렇게 약속을 한 두 사람은 누구도 먼저 말을 하지 않고 침묵으로 버텼다.

그렇게 내기를 하던 중에 마침 집에 도둑이 들었다.

도둑이 들었어도 내기 때문에 누구도 도둑이 들었다는 말을 하지 않았다. 도둑이 재물을 훔치기 시작했지만 여전히 두 사람은 누구도 먼저 입을 열지 않았다.

그러다 결국 재물을 모조리 훔친 도둑이 부인을 겁탈하기에 이르렀다.

아내가 마침내 "도둑이야, 도둑이야!"라고 외치며 이웃에게 도움을 청했다. 도둑이 그제야 급하게 밖으로 뛰쳐나가자 아내가 남편을 원망하며 말했다.

"아니, 당신은 어떻게 떡 한 개 때문에 도둑을 보고도 말 한마디 하지 않소?"

그 모습을 본 남편이 손뼉을 치고 싱글거리며 말했다.

"하하, 이제 이 떡은 내 것이오."

간(慳)이란 지나친 소유욕으로 재물에 대한 집착이 강하고, 그러다보니 타인에게는 인색하게 구는 마음의 작용이다. 재물에 대한 이런 집착은 어처구니없는 실수를 초래해서, 자신과 남을 파탄으로 몰아간다.

사람들은 누구나 어려서는 아기처럼 맑고 깨끗한 마음을 갖고 있었다. 그러나 나이가 들어가면서 세속적인 목표를 세운다. 어떤 직장에 들어가고, 어떤 배우자를 만나 언제 결혼하고, 돈을 얼마나 벌고, 어떤 직위에까지 오를지 목표를 세운다.

물신만능주의에 사로잡힌 현대사회에서는 재물에 대한 목표가 유독 강하다. 어떻게든 남을 밟고 올라서서라도 돈을 벌려고 한다.

그 목표를 성취하기 위해 온갖 고통 속에서도 오직 돈을 버는 데만 혈안이 되어 정작 중요한 것들을 하나둘씩 잃기 시작한다.

자신의 모든 것을 잃으면서도 오직 처음 생각했던 세속적인 목표에만 빠져 있는 것이다. 행복한 삶과 일상을 모두 도둑맞고 심지어 마음의 본성까지 모두 잃으며 떡 한 개에 불과한 재리를 얻어본들 무슨 소용이 있겠는가?

옛날 중국에 먹는 배를 파는 장사꾼이 있었다. 그 사람이 파는 배는 매우 달콤해서 값이 비쌌다. 낡은 옷을 걸친 어느 선사가 그 배장수에게 배 하나만 달라고 했다. 배장수는 크게 화를 내며 선사를 물리쳤다. 그래도 선사가 물러나지 않자 배장수는 욕을 퍼부었다.

이 모습을 구경하던 사람들도 수레에 배가 이렇게 많은데 늙은이에게 하나 준다고 대수겠냐며 별로 안 좋은 배로 하나 주라고 했지만 배장수는 끝까지 주지 않았다. 보다못한 한 남자가 자기 돈으로 배를 사서 선사에게 건네주었다. 선사는 고맙다고 말하고는 시장의 넓은 공터로 사람들을 불러모아 말했다.

"제가 여러분의 은혜를 입었으니 맛 좋은 배로 보답을 하겠소."

그러자 구경꾼 중의 한 사람이 말했다.

"배가 있는데 왜 배장수에게 사정을 했습니까?"

선사가 답했다.

"나는 그 배의 씨앗이 필요했던 것이오."

그러더니 자신이 다 먹은 배의 씨앗을 공터에 심었다. 그러고는 물을 달라고 해서 그 자리에 물을 부었다. 많은 구경꾼들이 지켜보는 중에 그 씨앗은 싹을 틔우고 순식간에 자라서 튼실한 배나무가 되었다. 그리고 무성한 잎사귀 사이로 향기 좋고 커다란 배가 탐스럽게 열렸다. 선사는 배를 따서 구경꾼들에게 하나씩 모두 나눠주었다. 배를 다 먹고 나자 선사는 배나무를 도끼로 잘라 어깨에 메고 어디론가 사라져버렸다.

선사가 부리는 도술을 구경꾼들 틈에서 지켜보던 배장수도 그 광경을 넋을 잃고 바라보다가 다시 제자리로 돌아왔다. 그런데 돌아와서 수레를 보니 산더미처럼 쌓여 있던 배가 모두 사라지고 없었다. 더구나 수레의 손잡이까지 없어진 것을 알고는 깜짝 놀랐다. 배장수는 선사의 짓이라고 넘겨짚고 화가 머리끝까지 나서 그를 찾았으나 도무지 찾을 수가 없었다. 그러다 골목길 어디쯤에서 자신의 수레 손잡이를 발견했다. 선사가 잘라낸 배나무였다.

자기 욕심에만 사로잡혀 남들에게 인색하게 군 사람은 결국 더 큰 손해를 입게 된다는 것을 모른다. 욕심도 적당히 부려야 한다. 가까운 친구에게 밥 한끼 사는 것도 아까워하는 사람들이 많다. 이익에만 민감한 사람은 욕심에 눈이 어두워지고, 그렇게 되면 더 큰 것을 놓치기 쉽다.

주문의 효과
— 한의 번뇌

옛날 어떤 사람이 누군가를 미워하여 밥도 제대로 먹지 못하고 늘 시름에 빠져 있었다. 보다못한 이웃 사람이 그에게 물었다.

"당신은 왜 늘 근심만 하고 있는가?"

"실은 내가 아는 사람이 나를 항상 험담하고 다닌다네. 그런데 그 사람은 나보다 부자고 권세가와도 친해서 복수할 방법이 없어 이렇게 매일 괴로운 것일세."

이웃 사람은 그를 도와주고 싶은 마음에 한 가지 방법을 알려주었다.

"비타라 주문을 외면 그 사람을 없앨 수 있을 거야. 그런데 한 가지 문제가 있어. 만약 이 주문으로 그를 없애지 못하면 그대가 죽게 될 거야."

남자는 이웃 사람의 이야기를 듣고 크게 기뻐했다.

"괜찮아. 나에게 가르쳐주기만 해. 비록 내가 죽는 한이 있더라도 그를 해치는 시도만이라도 할 수 있다면 상관없어."

결국 그는 비타라 주문을 외다 복수를 하기도 전에 큰 화를 당하고 말았다.

한(恨)은 누군가를 미워하는 마음을 오래도록 유지하고 복수를 꿈꾸며 살아가는 것이니, 흔히 말하는 원한을 의미한다.

우리는 살다보면 누군가에 대한 미움, 질투심, 증오심 등의 감정으로 괴로워하는 경우가 많다. 세상을 살다보면 나와 잘 맞지 않는 사람과 오랜 기간을 함께 지내야 할 일이 반드시 생긴다.

증오심과 복수심은 나를 먼저 해친다. 이 이야기처럼 설령 복수에 성공한다고 해도 그것은 자신을 해치는 것을 전제로 한다. 그리고 증오는 다시 증오를 낳기 때문에 악순환에 빠지게 된다. 용기 있고 지혜롭고 강한 사람이 그 고리를 먼저 끊는다.

레오나르도 디카프리오라는 배우가 〈레버넌트〉라는 영화로 20년 만에 오스카 남우주연상을 수상했다. 이 영화는 처절한 복수극이다. 최근 영화들을 보면 유독 이런 복수극이 많은 것 같다. 〈어벤저스〉라는 영화, 어벤저(avenger)도 복수하는 사람이라는 뜻이다. 박찬욱 감독의 복수 삼부작도 있다.

이런 작품들이 아직까지 줄기차게 쏟아져나오는 것을 보면 동서양을 막론하고 원한과 복수는 오래 묵은 인간의 보편적 감정으로 보인다. 더구나 요즘 같은 치열한 경쟁사회에서는 원한과 복수가 끊임없이 사건사고를 일으키는 것 같다. 하지만 이러한 원한과 복수의 감정은 자신의 인생을 망치고, 끝없는 악의 고리에 빠지게 한다.

비난하고 헐뜯는 것은 그것을 행하는 사람의 업보라는 것을 알아야 한다. 자기는 자신의 길을 가면 된다. 이런 이야기도 있다. 어떤 사람이 타인에게 계속해서 욕설과 비난을 듣게 되자 선사를 찾아가 고통을 호소했다.

그러자 선사가 말했다.

"당신이 만약 손님들을 초대해 잔치 음식을 화려하게 차려놓았는데 손님들이 그 음식을 먹지 않았다, 그럼 손님들이 떠나가고 나서 그 음식은 누가 먹겠는가?"

"제가 먹어야죠."

"비난과 험담도 마찬가지다. 손님이 먹지 않으면 그것을 차린 사람이 먹는 것이다."

우리가 서로를 증오하는 동안에는 우리도 고통의 악순환에서 벗어날 수 없다.

옛날 어떤 원숭이가 자신이 사는 정원의 주인에게 매를 맞았다. 원숭이는 집주인에게 어떻게 할 수 없어서 그 집의 어린아이를 괴롭히고 원망했다.

집주인이 원숭이를 괴롭히고 그 원숭이는 아이를 괴롭히니 그 아이는 또다른 누군가를 괴롭힐 것이다. 이 악순환은 계속된다. 증오가 증오를 낳고, 망식(妄識, 망령된 생각)이 망식을 낳는다. 사태의 근원도 모른 채 악순환의 고리에서 헤어날 줄을 모른다. 이미 지나간 일들이 현재에 남아서 나를 괴롭히고, 그 괴로운 현재와 싸우다보니 나의 미래까지 망친다. 나를 망치는 한의 번뇌를 당장 내 손으로 끊어내야 한다.

말의 꼬리

— 부의 번뇌

옛날 어떤 남자가 검은 말을 타고 전쟁터로 나갔다. 하지만 막상 적이 무서워서 싸울 수가 없었다. 그래서 얼굴에 피를 바르고 죽은 것처럼 가장하여 시체들 틈바구니에 누워 있었다. 그 사이에 그가 타던 검은 말은 누군가 타고 가버렸다. 적들이 모두 떠나자, 그는 몰래 다른 사람의 말꼬리를 베어가지고 집으로 돌아왔다. 그때 이웃 사람이 그에게 물었다.

"당신이 탄 말은 어디 있기에 혼자서 오는가?"

"내 말은 전쟁터에서 죽었소. 그래서 꼬리를 잘라 가져오는 길이오."

"당신 말은 검은데 왜 흰 꼬리를 가져왔는가?"

사람들은 겁쟁이에 거짓말까지 한 이 남자를 비웃었다.

부(覆)는 덮는다는 의미다. 천부지재(天覆地載)는 우리가 살아가는 세상을 하늘이 덮고 땅이 싣는다는 뜻이다. 여기서 부는 자신이 가진 것을 지키기 위해서 자신의 잘못을 숨기는 것을 말한다.

자신의 떳떳하지 못한 행동을 숨기려고 거짓말을 하다 모든 것이 들통나고 말았다. 차라리 이번에는 무서워서 제대로 못 싸웠지만 다음번에는 용감하게 싸우겠다든지, 아니면 아예 전쟁터에 나가지 않는 편이 나을 것이다. 그러나 거짓말을 한 탓에 이 사람의 비겁함은 더욱 두드러지고, 작은 허물이 큰 허물이 되고 말았다.

인간이기에 누구나 부족함이 있고 잘못을 할 수 있다. 하지만 그것에 어떻게 대처하느냐는 사람마다 다르다. 감추고 속이면 자신의 부족함이 더 크게 드러난다. 무엇보다 신뢰를 잃고 사소한 개선의 여지도 없어진다. 사실이 드러날 때까지 마음은 늘 불안하다.

자신이 저지른 잘못과 허물에 대처하는 가장 좋은 자세는 빨리 인정하고 대가를 치르는 것이다. 미루면 미룰수록 허물은 더 커지고 치러야 할 대가도 커지는 법이다.

옛날 어떤 사람이 아내와 함께 처가에 갔다가 쌀을 찧고 있는 것을 보았다. 남자는 갓 찧은 햅쌀이 맛있어 보여 몰래 한 움큼을 입에 집어넣었다. 아내가 말을 시켰으나 대답을 하지 못하고 웅얼거렸다.

아내는 남편의 입안에 큰 종기가 났다고 여기고 친정아버지에게 일렀다.

"제 남편이 종기가 나서 말을 못합니다."

아버지는 급히 의원을 불렀고, 의원은 입안을 살펴보다 수술을 해야 한다고 말했다.

"병세가 매우 위중하니 입을 찢어야겠습니다."

입을 찢으니 쌀이 튀어나와 모든 사실이 드러나고 말았다.

우리는 살면서 각종 사건사고를 겪고 고통스러워하는데, 대개는 자신의 허물을 먼저 인정하면서 서둘러 잘못을 고치려 하지 않고 문제가 곪아터질 때까지 숨기기 때문이다.

어릴 적에 많이 읽었던 까마귀의 깃털에 얽힌 동화를 기억할 것이다. 옥황상제가 가장 아름다운 새를 새 중의 왕으로 임명하겠다고 결정했다. 모든 새들이 자신의 깃털을 다듬기에 여념이 없었다. 그런데 까마귀는 깃털을 가꾸는 것에 서툴러서 다른 새들의 깃털을 하나씩 뽑아 자신을 치장했다. 결국 옥황상제는 화려한 깃털을 뽐내는 까마귀를 새 중의 왕으로 선출했다. 그러자 화가 난 다른 새들이 까마귀에 꽂혀 있는 깃털을 모두 뽑아버렸고, 까마귀는 부끄러움을 느끼며 도망갔다.

자신의 모습을 헛되이 과장하고 포장해서는 자신의 문제점을 제대로 알 수가 없다. 자신의 문제점을 직시하고 거기에서부터 출발하는 것이 올바른 해결의 길이다.

아내의 코를 바꾼 남자
— 질의 번뇌

오래전 어떤 부인은 용모가 빼어났으나 코에 약간의 흠이 있었다. 남편은 늘 그 점을 아쉬워했다. 그러던 어느 날 이웃집에 사는 남의 부인이 아름답고 코까지 아주 예쁜 것을 보았다. 남자는 그 부인의 남편을 질투하던 끝에 어떻게든 그 코를 훔쳐야겠다고 마음먹었다.

'저 코를 내 아내의 코와 바꿀 수 있다면 얼마나 좋을까?'

결국 남자는 그 여자의 코를 베어서 집으로 들고 갔다.

"여보, 당신한테 내가 예쁜 코를 주리다."

아내가 다가오자 이내 코를 베어내고 남의 코를 붙여주었다. 하지만 코는 제대로 붙지 않았고 큰 고통만 주었다.

질(嫉)은 다른 사람과 자신을 끊임없이 비교하는 마음에서 비롯되어, 누군가가 자신보다 나은 명예나 이익을 가지는 것, 심지어 자신보다 행복해지는 것을 시기하고 질투하는 마음의 작용이다. 오늘날은 경쟁사회이다보니 질투 역시 매우 강렬한 감정으로 만연해 있는 것 같다.

성형 천국이라고 할 정도로 성형이 보편화되어 있다. 그러다보니 남의 코를 자기 코에 갖다붙인 것처럼 어색해 보이는 경우도 많다. 별로 표시가 나지 않는다 하더라도 천편일률적인 얼굴이라는 느낌을 준다. 부자연스럽거나 개성을 잃어버리거나 둘 다인 것이다. 질의 심소(心所)에 대해 이야기하기 전에 한 가지 덧붙이자면, 마음공부를 하는 데 있어서도 부자연스러운 성형을 해서는 안 된다.

마음공부도 마찬가지다. 결국 자신만의 길을 찾아야 한다. 남의 것을 억지로 갖다 붙이고 흉내를 낸다고 해서 자기 것이 될 수 없다. 스승을 만나면 스승을 죽이고 붓다를 만나면 붓다를 죽이라고 했다. 하나의 기본적인 틀을 세우고 나름의 방법을 찾았으면 그때부터는 혼자서 가는 것이다. 왕도를 찾아서, 더 나은 방법을 찾아서 여기저기 기웃거리지 말고 꿋꿋이 자신만의 길을 가야 한다.

『부자사전』이라는 책에 이런 글이 있다.

"부자가 되는 길은 단순하다. 다만 그 길을 꿋꿋이 가는 사람과 그러지 않은 사람이 있을 뿐이다."

세속적인 부자가 되는 길도, 출세간법(出世間法, 세속을 벗어난 도리)인 마음의 깨침을 얻는 길도 마찬가지다. 문제는 방법이 아니라 실천이다. 억지로 성형해서 고통받지 말고, 자연스럽고 개성적인 자신만의 길을 가야 한다.

소를 훔친 사람

— 광의 번뇌

옛날 어떤 마을의 사람들이 이웃 마을의 소를 훔쳐서 모두 나눠먹었다. 소를 잃어버린 사람이 그 흔적을 찾아 이 마을로 와서 소를 잡아먹은 사람 하나를 붙잡고 물었다.

"당신은 이 마을 사람이군요. 당신이 소를 훔쳤소?"

"나는 마을이 없는 사람입니다."

"당신네 마을 한복판에 연못이 있는데 그 연못 근처에서 소를 잡아 나눠먹지 않았는가 말이오?"

"연못이 없습니다."

"연못 옆에는 나무가 서 있었던 것 같은데?"

"나무가 없습니다."

"이 마을 동쪽에서 소를 훔치지 않았소?"

"동쪽이 없습니다."

"소를 훔칠 때 한낮이지 않았소?"

"한낮이 없습니다."

"이보시오. 비록 마을이 없고 나무가 없더라도 어찌 동쪽이 없고 한낮이 없단 말이오? 지금 거짓말을 하고 있는 것이 분명하니 당신은 소를 훔쳐 먹은 게 아니오?"

"사실은 소를 훔쳐 먹었습니다."

광(誑)은 자신의 명예와 이익을 위하여, 혹은 자신의 부족한 인격을 감추기 위하여 다른 사람을 교묘하게 속이는 마음이다.

언제까지나 진실을 숨길 수는 없는 노릇이다. 불교철학에서는 자기가 지은 일이 다가올 미래의 종자로 저장된다고 한다. 그것이 바로 종자식인 제8식, 아라야식이다. 우리가 흔히 말하는 하늘이 알고 땅이 안다는 것이다. 마음의 일은 숨길 수가 없다. 자기 자신이 이미 알고 있기 때문이다.

그러니 남을 아무리 속이려 해도 속일 수 없는 것이 있다. 한낮이 있고 동쪽이 있는 것처럼 자명한 것이 있으니, 그중 하나가 마음이 만들어내는 작용이다.

우리는 마음에 품는 것은 남들이 모르니까 상관없다고 여긴다. 그러나 아주 단순한 이치로, 마음에 품은 것은 결국 언제든 언행으로 드러나게 되어 있다. 나쁜 마음은 남을 해치지 않더라도 먼저 자기 자신을 해친다.

보이는 것만큼이나 보이지 않는 것이 중요하다. 남들이 보지 않는 곳에서도 조심하는 근독, 보이지 않는 곳까지 좋은 재료를 사용하는 가구의 장인처럼, 보이지 않는 마음을 어떻게 다루느냐가 삶의 길을 결정하는 것이다.

마음이 하는 일은 보이지 않는 곳에서의 삶이 결국 드러날 수밖에 없듯이 속일 수가 없는 것임을 분명히 알아야 한다. 어느 유명 영화배우의 인터뷰 한 대목이다.

"어쩌면 그렇게 연기를 잘하십니까?"

"저는 카메라 밖의 생활이 카메라에 다 드러난다는 것을 알고 있습니다."

남들에게 당장 보이지 않을지라도 자신의 마음을 잘 갈고닦아야 한다. 사회생활을 잘하기 위해서이기도 하고, 먼저 내가 더 나은 사람이 되고 행복해지기 위해서다.

그런데 남들을 속이면서 세상이 나에게 정직해지기를 바라는 것은 어불성설이다.

당나라 태종은 나라를 잘 다스려서 그의 치세를 정관지치(貞觀之治, 정관은 태종대의 연호)라고 한다. 중국 역사의 황금시대로 꼽을 정도다. 그가 신하들과 문답한 내용을 기록한 책이 『정관정요』인데, 그것은 오늘날까지 제왕학의 대표적인 서적으로 전해지고 있다.

어느 날 한 선비가 태종에게 말했다.

"우선 폐하에게 아첨하는 자들을 물리치셔야 합니다."

"어떻게 하면 그리할 수 있느냐?"

"폐하께서 일부러 화를 내시면 됩니다. 그때 굽히지 않고 자기 의견을 말하는 자는 올바른 신하요, 눈치를 살피며 말을 하지 않는 자는 아첨하는 신하일 것입니다."

그 이야기를 들은 태종은 난색을 보이며 말했다.

"짐이 스스로 거짓을 꾸미면서 어떻게 신하가 정직하게 처신하길 바라겠느냐? 짐은 그리하지 않고 성실로써 천하를 다스리겠다. 옛말에도 윗물이 맑아야 아랫물이 맑다고 했느니라."

남을 속이면서 잔재주를 피우는 것보다 자연스럽고 충직하게 자신의 길을 가는 것이 낫다. 남과 세상을 속이려고 들면 결국 천하가 다 알아서 오히려 신뢰를 잃고 곤경에 빠질 것이다.

39일

흉보는 사람들
— 분의 번뇌

옛날 누군가가 여러 사람들과 어울려 방안에 앉아서 밖에 있는 사람의 흉을 보고 있었다.

"그 사람에게는 두 가지 허물이 있다. 하나는 화를 잘 내는 것이고, 또하나는 일을 경솔하게 처리하는 것이다."

그때 문밖에서 이 말을 듣고 있던 그 사람이 방안으로 뛰쳐 들어왔다. 그리고 자신의 흉을 본 사람의 멱살을 잡고 주먹으로 때렸다.

그러자 함께 방안에 있던 사람들이 물었다.

"이 사람을 왜 때리는 거요?"

"내가 언제 화를 잘 내며 일 처리를 경솔하게 했다고 흉을 보는가? 이 사람이 근거도 없이 내 흉을 보기에 때렸소."

그러자 방안에 있던 사람들이 말했다.

"그대가 화를 잘 내고 일을 경솔하게 처리한다는 것을 지금 행동으로 보여주었어. 그런데도 사실이 아니라는 것인가?"

분(忿)은 자기 마음에 들지 않을 때, 혹은 자신의 부족함이나 허물을 비판받았을 때 폭발적으로 분노하는 것을 말한다. 그래서 분으로 인해 물건을 부수거나 소리를 지르거나 폭행을 일삼기도 한다. 자신의 허물을 지적하는 것에 분노하면 남들은 그 허물을 더욱 확신할 뿐이다.

자기 허물을 듣고 기분 나쁘지 않을 사람은 없다. 그래서 요즘에는 가까운 사람끼리도 서로의 허물을 직접 말하지 않는 분위기다. 그 부작용인지, 많은 사람들이 자신의 허물을 깨닫지 못한 채 지내는 경우도 많다. 마치 우화에 나오는 벌거벗은 임금님처럼 말이다. 칭찬만 늘어놓는 사람들 중에는 오히려 상대를 벌거벗은 임금님으로 만들어놓고 뒷이야기를 하거나 조롱하기도 한다. 진정한 소통이 부족한 우리 사회에서는 누구나 그런 벌거벗은 임금님이 될 개연성이 짙다.

우리는 자신의 허물에 대한 태도를 바르게 가질 필요가 있다. 공격하는 것이 목적이 아니라면 오히려 허물을 지적해주는 사람들이 고마운 경우도 있다. 사실로 여겨지면 받아들인다. 고칠 수 있으면 고치고, 못 고치면 자신의 부족함으로 인정하고 넘어간다. 어차피 완벽한 사람은 없고, 결함투성이의 사람들이 어울려 살아가는 것이 세상이니까. 근거 없는 지적이면 웃어넘기고 무시한다. 화를 내고 복수를 하면 남들에게 자신의 허물을 더욱 확실한 것으로 각인시킬 뿐이다.

지적을 당하면 누구나 기분이 상한다. 우리는 기계가 아니니까. 다만 그것에 대응하는 방식은 천차만별이다. 내가 누구인지를 결정하는 것은 나의 결함이 아니라 나의 결함에 어떻게 대응하고 관리하느냐다. 분노하는 방식으로는 결코 좋은 결과를 얻을 수 없다.

거북이의 친구

— 뇌의 번뇌

옛날 어느 마을의 연못가에 기러기와 거북이가 사이좋게 오순도순 살고 있었다. 그런데 가뭄이 들어 연못의 물이 바싹 마르게 되었다.

연못의 물이 말라 거북이가 괴로워하자, 기러기가 나뭇가지를 입에 물고 거북이에게 말했다.

"이 나뭇가지를 물어라. 내가 물이 많은 곳으로 데려다주마. 단, 나뭇가지를 물고 가는 동안 절대 말을 해서는 안 된다."

거북이는 옳거니 하며 나뭇가지를 물었다. 나뭇가지를 물고 마을을 떠나가는데, 아이들이 놀렸다.

"기러기가 거북이를 매달고 간다. 기러기가 거북이를 매달고 간다."

거북이는 아이들의 놀림에 분을 참지 못하고 말했다.

"네놈들이 무슨 상관이냐?"

결국 거북이는 땅에 떨어져 죽고 말았다.

붓다는 이 이야기에 덧붙여 이렇게 말했다고 한다.

"사람은 날 때부터 입안에 도끼를 가지고 있다. 자신의 몸을 내리찍는 것은 모두 나쁜 말을 하기 때문이다."

『오분율』이라는 소승불교의 경전에 나오는 이야기다.

뇌(惱)는 주로 한을 품거나 분노로 인하여 나타나는 번뇌로, 다른 사람에게 상처를 주려고 폭언을 하는 것이다. 드러나게 폭언을 하는 것 외에도 남들에게 원망하는 마음을 품고 있다가 불시에 독설을 퍼붓는 것도 뇌다.

우리는 사회생활을 하면서 누가 시키지 않아도 조심해서 행동한다. 행동에는 반드시 결과가 따르기 때문이다. 또한 말을 함부로 하지 말라고 한다. 행동만큼 말의 위력도 무서운 것이기 때문이다.

구업(口業, 입으로 짓는 나쁜 업보)이라는 말도 있듯이 말을 함부로 하면 남에게 상처를 주고, 또 입살이 보살이라는 옛말처럼, 말하는 대로 현실의 일이 일어나기 때문이다. 일본에는 특히 말을 곱게 해야 복을 받는다는 격언이 있다고 한다. 당나라의 재상 풍도는 자신의 시에서 "입은 화의 문이고, 혀는 몸을 베는 칼과 같다"고 하였다.

말로 인한 화는 이루 다 표현할 수가 없다. 그 근원을 따지고 들어가면 결국 원한에서 벗어나지 못하고 분노를 다스리지 못한 탓이다. 분노와 원한에서 자유로운 사람이 얼마나 되겠는가? 다만 그것을 잘 다스려서 뇌의 심소를 부려, 폭언을 한다거나 하지 않고 좋은 방법으로 해결해나가는 것은 후천적인 지혜와 노력으로 가능할 것이다.

상인의 비단옷
— 도거의 번뇌

어느 날 금 세공사와 옷을 파는 상인이 길을 걷고 있었다. 상인은 물건을 팔고 받은 금전과 비단옷을 지니고 있었다. 비단옷을 선물해서 결혼을 할 생각으로 들떠 있었다. 그런데 숲길을 지나다 그만 도적을 만났다. 세공사는 풀숲으로 황급히 숨었으나 상인은 붙잡히고 말았다. 상인은 자신이 애지중지하는 비단옷까지 빼앗기자 정신을 차리지 못하고 흥분하여 말했다.

"그 옷은 금전 한 푼 값에 해당하니 내가 갖고 있는 금전과 바꾸자."

"그 금전은 어디 있느냐?"

"저 풀숲에 숨은 금 세공사가 가지고 있다."

도적은 풀숲에 숨은 세공사를 찾아 금전과 비단옷을 모두 가

저갔다.

도거(掉擧, 요동할 도, 들 거)는 마음의 안정을 잃고 흥분되어 있는 상태이다. 선의 심소 중 행사(行捨, 마음을 일정하게 유지함)를 끊고 삼매를 방해하는 역할을 한다.

이 이야기에서 도적은 번뇌를 말하고, 비단옷은 선법을, 금전은 공덕을 말한다. 열심히 삼매를 닦은 사람이 번뇌를 만나 두 가지를 한꺼번에 잃게 됨을 말한다. 번뇌의 위중함을 경계하는 이야기다.

한편으로 이 이야기는 도거의 상태를 잘 보여준다. 번뇌라는 도적을 만나 흥분되어, 마음을 일정하게 유지하는 상태를 잃어버린 것이다. 번뇌에 빠져 흥분하면 지혜가 흐려지니 자신의 재산인 선한 법을 잃을 뿐만 아니라, 이 이야기의 주인공처럼 주위 사람에게도 피해를 주니 공덕도 잃는 것이다.

옛날 어느 아버지와 아들이 숲속을 지나게 되었다. 길을 잃은 아들이 곰을 만나 그 발톱에 찢겨 온몸에 상처를 입었다. 아들을 다시 만난 아버지는 상처를 보고 물었다.

"어쩌다 그런 상처를 입었느냐?"

"몸에 잔뜩 털이 난 곰이 저를 공격했습니다."

화가 난 아버지는 활을 가지고 숲속으로 들어가 털이 긴 짐승을 찾았다.

마침 수염이 길게 난 선인이 숲속을 거닐고 있었다. 흥분한 아버지는 그 모습을 보고 곰이라 착각하고는 활을 쏘려고 했다.

아들은 황급히 아버지를 말렸다.

"왜 선인을 쏘려고 하십니까? 저 사람은 저에게 아무런 해도 끼치지 않았습니다."

우리는 흥분하면 지혜가 흐려진다. 평상시 삼매와 같은 명상 상태를 단련하지 않으면 작은 외부 자극에도 도거의 번뇌가 발동하니, 흥분하여 어리석은 행동을 하게 된다.

왕의 눈병

— 첩의 번뇌

어떤 나라에 지혜로운 왕이 있었다. 그에게는 작은 결함이 있었는데, 한쪽 눈을 계속 실룩거리는 것이었다.

한 사람이 왕에게 아첨하여 환심을 사려고 친구에게 물었다.

"어떻게 하면 왕의 마음을 얻을 수 있겠는가?"

"사람은 대개 자신과 비슷한 사람을 좋아하니 왕의 형상을 본받아라."

남자는 그 말을 듣고 왕궁에 접근해서 왕의 눈이 실룩거리는 것을 보고는 그것을 본받아 자신도 똑같은 버릇을 들였다. 왕이 마침내 그를 보고 물었다.

"그대는 눈병이 걸렸는가, 아니면 바람에 눈을 다쳤는가? 왜 눈을 그렇게 하는가?"

"저는 눈병도 걸리지 않고 바람을 맞지도 않았습니다. 다만 전하의 마음을 얻으려고 흉내를 낸 것입니다."

왕은 크게 화를 내고 그를 다른 나라로 쫓아버렸다.

첨(諂)이란 진실한 마음이 없이 다른 사람에게 아첨하는 것을 말한다. 『성유식론』에서는 첨이 남을 끌어들이기 위해 교묘한 행동을 하고, 거짓으로 굽히는 것을 그 본성으로 한다고 지적하였다.

이 이야기의 주인공은 진실한 마음이 없이 이익을 얻으려고 왕에게 아첨하다 오히려 화를 입고 말았다. 우리가 사람을 대할 때는 진실한 마음으로 대해야 한다. 이익을 얻기 위해서 아첨하는 것은 결국 자신의 마음이 진심이 아닌 것으로 드러나 상대방의 분노를 살 뿐이다. 그것은 상대방을 자신에게 놀아나는 바보에 불과한 어리석은 자로 취급한 것이기 때문이다. 아첨으로 상대방을 속여서 진실과 떨어진 거리만큼 그 사람의 분노도 커질 것이다.

마음공부를 하는 것도 마찬가지다. 진심이 중요하다. 우리가 어떤 철학이나 종교의 심법을 공부할 때 그 실상을 들여다보려 하지 않고 형상에만 매달리는 경우가 있다. 그 형상만 따라 하는 것, 계율에만 집착하는 것은 오히려 자신에게 불편함만 가져다줄 뿐 마음공부에는 아무런 도움이 되지 않는다.

『백유경』의 해석에는 이런 이야기도 있다. 경전의 작은 문구를 트집 잡아 허물로 삼는 것은 왕의 실룩거리는 눈만 따라 하는 것과 같다는 것이다. 정작 중요한 것은 형상이나 계율이 아니라 자신의 마음을 온전히 깨치고 자유로운 실상을 얻는 일이다.

보이는 것만큼이나 보이지 않는 것이 중요하다.

남들이 보지 않는 곳에서도 조심하는 근독,

보이지 않는 곳까지 좋은 재료를 사용하는 가구의 장인처럼,

보이지 않는 마음을 어떻게 다루느냐가 삶의 길을 결정하는 것이다.

부랑자의 귀향

— 교의 번뇌

옛날 좋은 집안에서 태어난 한 남자가 있었는데, 어릴 적부터 부모가 애지중지하며 훌륭한 스승에게 데리고 가서 공부를 시켰지만, 교만하기만 했던 이 남자는 놀기만 했다.

게으르고 방탕하여 가산을 탕진하면서 어리석은 짓을 일삼았다. 주위 사람들이 모두 싫어하였고 결국 부랑자가 되어 거리를 떠돌았다.

그러자 그는 도리어 가족과 스승, 친구들을 원망했다.

"조상신들이 돕지 않아 내가 이렇게 방랑하게 되었으니 붓다를 섬겨 복을 받아야겠다."

그러고는 붓다를 찾아가 제자가 되기를 청하자 붓다가 말했다.

"도를 구하려면 청정해야 하거늘 어찌 속세의 더러움을 가진 채 여기를 찾았느냐? 여기에서 무슨 이익을 얻을 수 있겠는가? 차라리 귀가하여 부모에게 효도하고, 스승의 가르침을 따르고, 생업에 공을 들여라. 그리하여 번뇌를 씻고, 언행을 조심하며, 공덕을 쌓아라. 그렇게 해서 주위의 칭송을 받게 될 때 도를 닦을 수 있을 것이다."

그는 곧 자신의 교만했던 과거를 뉘우치고 집으로 돌아갔다.

이 이야기는 4세기 초 중국 서진(西晉) 시대에 법거 스님과 법립 스님이 함께 번역한 『법구비유경』에 실려 있는 내용을 각색한 것이다. 『법구경』의 게송이 나오게 된 연유에 관한 인연담으로, 붓다가 비구들과 재가 신자들을 위해 설법한 내용을 주로 담고 있다.

교(憍)는 남과 자신을 구분하여 자신의 성공을 자랑스럽게 여기는 마음이다. 교는 나중에 다룰 아만의 만과 비슷한데, 만은 주로 남을 억누르고 자신을 내세우기 위하여 오만한 기세를 부리는 것으로, 타인과의 사회적 관계를 의식하여 겉으로 드러내는 것이고, 교는 자신이 가진 힘이나 자신의 성공을 대단하게 여겨 자랑스러워하는 것까지 포함해서 말한다.

교만한 사람들은 자신의 기세만 믿고 윗사람이나 스승의 가르침을 듣지 않으면서 자기 멋대로 방약무도하게 행동하다가 모든 것을 잃게 된다. 그나마 이 이야기의 주인공은 바른 법을 찾아서 붓다를 뵙고 자신의 잘못을 뉘우쳤으니, 나름으로는 선한 근기를 타고난 사람이다.

그런데 실제로는 이처럼 큰 실패를 겪고 나서도 교만함을 버리지 못하고 평생 남과 세상을 원망하기만 하면서 힘들게 살아가는 사람이 많다. 자기 생각만 믿고 교만해져서 남을 멸시하며, 궤도를 잃고 방황하면서도 바른 법을 구할 마음을 먹지 않는다. 자업자득이니 누구를 원망하겠는가? 어리석을 따름이다.

형님이라고 부르기
— 무참과 무괴의 번뇌

옛날 어느 나라에 잘생기고 지혜롭고 재물도 많은 사람이 있었다. 세상 사람들이 모두 그를 칭송했다.

어떤 사람이 그에게 다가가 그를 형님이라고 불렀다. 실제로는 형이 아니었지만, 필요할 때 그의 재물을 얻어 쓰기 위해서였다. 그러다 재물이 불어나 더이상 필요 없게 되자, 사람들에게 그 사람은 자기 형이 아니라고 말했다.

이 남자와 가까운 사람이 말했다.

"너는 어리석은 사람이다. 재물이 필요할 때는 그를 형이라고 부르더니 재물이 필요 없게 되자 다시 형이 아니라고 하니 말이다."

그러자 남자는 뻔뻔하게 대답했다.

"나는 그의 재물을 얻기 위해서 그를 형이라고 했지만 실제로는 형이 아니기 때문에 형이 아니라고 할 뿐이다."

세상 사람들이 이 말을 듣고 모두 그를 비웃었다.

무참(無慙)과 무괴(無愧) 중 무참은 양심에 비춰 스스로 부끄럽게 느끼는 마음이 없는 것이고, 무괴는 사회적인 관계에서 부끄러운 줄을 모르는 것이다. 즉, 무참은 양심이 없는 것이고 무괴는 수치심이 없는 것이다.

여기 나온 이야기처럼 많은 사람들이 자신의 이익을 위해서 온갖 좋은 말들을 가져와 남을 속이고, 자신을 포장한다. 그리고는 이익이 없어지면 부끄러움도 모른 채 본래의 일그러진 본모습을 드러내면서 지난 일들을 모른 체한다. 하지만 사실이 들통나는 순간 이 이야기의 주인공처럼 지탄을 받을 것이고 그동안 거두었던 이익을 내놓아야 할 것이다.

일반 서민들이 먹고살기 위해서 한두 번 모르고 혹은 알고 그런 실수를 했다 해도 주위의 지탄을 받는다. 그런데 세상의 모범이 되어야 할 많은 봉사단체, 정치집단, 종교단체의 이른바 지도자들은 그런 일들을 상습적으로, 직업적으로 반복하고도 부끄러운 줄을 모른다.

다른 사람을 속일 수는 있어도 자기 자신을 속일 수는 없다. 부끄러움을 모르고 한 이러한 행동은 반드시 대가를 치르게 될 것이니, 결국 최대 피해자는 자기 자신이다.

참깨를 볶는 사람
— 해태의 번뇌

옛날 한 어리석은 사람이 있었는데 그는 참깨를 날로 먹었다. 날로 먹으니 맛이 없었다. 우연히 친구 집에 놀러갔다가 볶은 참깨를 먹게 되었다. 볶은 참깨의 고소한 맛에 반한 그는 집에 돌아와서 그날부터 자신도 참깨를 볶아먹기 시작했다. 볶은 참깨를 먹으면서 즐거운 식사를 이어가던 어느 날 이렇게 생각했다.

'볶은 참깨를 먹는 것은 즐거운 일이지만, 참깨를 볶는 것은 번거롭고 귀찮은 일이다. 매일 이렇듯 수고롭게 참깨를 볶느니 아예 볶은 참깨를 직접 땅에 심고 키워서 먹으면 돈도 절약되고 좋겠다.'

물론 볶은 참깨는 아무런 열매도 맺지 못했다.

해태(懈怠)는 서울의 상징물인 신화 속의 동물 해태(獬豸)가 아니다. 여기서 해태는 게으르다는 의미다.

선함을 향해 나아가기를 꺼리고 악한 것을 물리치는 데 게으름을 피우는 것이다. 선의 심소 중 정진을 방해하는 역할을 한다. 무상, 무아, 열반의 삼법인이나 사성제와 팔정도 같은 불법의 진리를 지향하지 않는 마음을 해태라고 한다. 심지어 해태한 스님이라면 아무리 때려 죽어도 업이 없다는 말도 있다. 지난날 구도하는 스님은 남의 공양을 받고 살았는데 해태하면 용서받을 길이 없다는 뜻에서 그런 말이 있었던 것이다.

그날 이후 그는 참깨를 볶아서 씨를 뿌렸다. 하지만 볶은 참깨에서는 싹이 나지 않았다.

지혜를 얻고 깨달음을 얻는 것은 볶은 참깨처럼 맛있는 것이지만, 깨를 볶는 일처럼 마음공부를 하고 마음을 닦는 일은 귀찮게 느껴진다.

그러나 이 이야기처럼 잘못된 씨앗은 결실을 맺을 수가 없다. 사람들은 누구나 좋은 결실, 좋은 열매만을 맛보고 그것을 빨리 얻고 싶은 마음에 필요한 과정을 생략하는 경우가 많다. 그래서 씨앗을 뿌리지 않거나 잘못된 씨앗을 뿌리면서도 좋은 열매를 얻기 바라는 것이다. 또 결실의 모습만을 보고 씨앗의 상태나 모양을 착각해서도 안 된다. 바른 씨앗을 심어야만 바른 결과를 얻을 수 있다.

우리 속담에도 우물에서 숭늉 찾는다는 이야기가 있다. 숭늉을 먹고 싶으면 우물물을 길어올려야 하고 밥도 지어야 하고 다시 물을 넣어서 끓여야 한다. 거기에는 응당 거쳐야만 하는 과정들이 따르는데, 그것을 귀찮게 여기고 행하지 않으면 볶은 참깨를 심는 사람과 같은 어리석음을 범하는 것이다. 바른 씨앗을 심어야 바른 결과를 얻을 것이며, 그 과정에서 필요한 절차를 생략하려고 해서도 안 된다.

옛날 사탕수수가 많이 나는 어느 마을에 두 친구가 내기를 했다. 사탕수수밭을 일구어 단맛이 더 나는 사탕수수를 기른 사람에게는 상을 주고 그렇지 않은 사람에게는 벌을 주기로 한 것이다.

한 사람이 이런 생각을 했다.

"사탕수수는 맛이 달다. 그러니 그 즙을 짜서 사탕수수에 쏟으면 단맛이 더 날 것이다."

그러나 제대로 된 비료와 물을 주지 않고 즙만 뿌려준 어린 사탕수수는 곧 썩어버렸다. 결국 그는 이쪽저쪽을 다 잃어버린 것이다.

달콤한 것을 쉬이 얻으려고 간교한 마음을 부리다보면 모든 것을 잃게 될 수 있다. 한때의 달콤한 즐거움과 쾌락을 좇으면서 변함없는 마음의 평화와 자유를 얻을 수는 없다. 단맛이 나는 사탕수수를 얻으려면 제대로 된 종자를 심고 고약한 냄새가 나는 거름을 주면서 뜨거운 햇살을 견뎌야 한다. 그렇게 했다면 이 이

야기의 주인공은 건실하게 일하는 보람도 얻고, 잘 자란 사탕수
수의 단맛도 충분히 누렸을 것이다.

소젖을 짜는 일

— 방일의 번뇌

옛날 어떤 사람이 큰 잔치를 벌이게 되었다. 그는 손님들이 오면 소의 젖을 대접하려고 마음먹었다. 그런데 송아지를 둔 어미 소의 젖은 매일 조금씩 나오므로 그것을 날마다 짜놓고 비축해야 했다. 그래서 그는 이렇게 생각했다.

'소젖을 매일 짜두면 점점 쌓여서 비축할 공간이 부족하리라. 그리고 소젖을 매일 짜는 것은 정말 귀찮은 일이니 그것을 뱃속에 오랫동안 모아두었다가 잔칫날 한꺼번에 짜는 것이 훨씬 효율적일 것이다.'

그래서 그는 당장 송아지와 어미 소를 따로 떼어놓았다. 얼마 지나서 송아지는 젖을 먹지 못해 앓다가 죽고 말았다. 그리고 잔칫날이 되자 음식을 대접하고 소를 끌고 와서 젖을 짜려고 했으나 말라버린 젖은 나오지 않았다. 손님들은 그간의 이야기를 듣고 그를 비웃거나 화를 내고 돌아가버렸다.

방일(放逸)은 오염된 성품을 씻어서 청정한 성품으로 만드는 것에 게으른 마음이다. 방일은 해태와 비슷한데, 해태는 주로 선악에 대한 것을 말하고 방일은 주로 염정(廉正)에 대한 것을 말한다. 즉, 선을 구하는 것에 게으르면 해태라고 하고, 청정하게 마음을 씻어내는 것에 게으르면 방일이라고 한다.

우리는 매일 해야 할 일이 있다. 선행을 하거나, 먼 미래를 위해 지금부터 하나씩 준비해야 하는 일들, 버킷리스트처럼 살면서 반드시 이루고 싶은 중요한 일들이 모두 그렇다. 당장 하거나 매일 조금씩 해야 할 일들을 우리는 미루면서 살고, 때를 놓치고 나서 후회한다.

돈이 생기면 해야지, 대학을 졸업하면 해야지, 승진이 되면 해야지, 결혼하면 해야지 등등의 온갖 핑계로 미루다보면 결국 세월은 흘러가고 만다. 예를 들어 건강을 위해서 운동을 하거나 소중한 사람에게 애정을 표현하는 일 등이 모두 그렇다. 지금 당장 해야 하고, 조금씩 해야 하는 것이다.

『하늘호수로 떠난 여행』이라는 책에는 구두가 없어도 인도에 갈 수 있었는데 하는 이야기가 있다. 그 이야기의 주인공은 언제나 멋진 구두가 생기면 마음의 고향인 인도에 가리라고 마음먹었다. 그러다 나치가 쳐들어와 독가스실에 갇혀 죽게 되면서 그는 후회한다.

'구두가 없어도 인도에 갈 수 있었는데.'

지금 당장 해야 할 일, 매일같이 해야 할 일을 미루지 말라.

마음공부도 마찬가지다. 장기 레이스다. 너무 오래 쉬면 페이스를 잃어버리고, 갑자기 100미터 달리기 하듯 오버페이스 하는 것도 좋지 않다. 오늘도 멈추지 말고 조금씩 걸어라. 신선한 소젖을 얻으려면 매일 짜야 한다. 청정한 마음을 얻기 위해서도 어느 날 갑자기가 아니라 매일 정진해야 한다.

원숭이의 콩 한 주먹
— 실념의 번뇌

옛날 원숭이 한 마리가 주인의 부탁에 따라 콩 한 주먹을 받아들고 집으로 돌아가고 있었다. 그러다 실수로 콩 한 개를 떨어뜨렸다. 원숭이는 곧 남은 콩을 모두 내려놓고 그 콩 하나를 찾으러 이곳저곳을 쏘다녔다. 원래 쥐고 있던 한 주먹의 콩에 대해서는 까맣게 잊어버렸다. 그러다 결국 한 개를 찾기는커녕 나머지 콩도 닭과 오리가 모두 먹어버렸다.

실념(失念)이란 반드시 염두에 둬야 할 것을 정확하게 새길 수 없는 마음의 작용이다. 이것은 단순히 일상생활에서 기억력이 나쁘다는 것을 지적하는 말이 아니라 세상의 욕망에 빠져서 마음속에 꼭 새겨두어야 할 불법의 진리를 어느새 잊어먹는 것을 말한다.

여기서 원숭이는 콩 하나를 잃어버리는 작은 사건을 계기로 나머지 콩의 존재에 대해서 망각하고, 결국 모든 콩을 잃어버리게 된다.

우리의 모든 번뇌는 작은 사건을 계기로 시작된다. 작은 사건이 일어나더라도 정신을 똑바로 차리고 본래 가지고 있던 것, 본래 돌아가려고 했던 곳을 염두에 둬야 한다. 그것은 자신의 자성이며 본성이고, 일심으로 돌아가는 것이다. 그런데 작은 방심에 휩쓸려 모든 것을 망각하고 정작 중요한 것을 잃고 마는 것이다.

한편으로 여기에서 콩 하나를 잃어버리는 것은 한 가지 계율을 어기는 것, 한 가지 실수를 범하는 것을 말한다. 원숭이가 콩 하나를 잃어버리고 그것에만 연연한 나머지 자신이 가진 콩 전부에 대해서 소홀해지는 것처럼, 우리도 한 가지 잘못을 저지르고 그것을 기화로 여러 가지 악행이나 실수를 범하거나, 중생계(衆生界)에 빠져 자신의 본마음으로 다시 돌아갈 생각을 잊어버려서는 안 될 것이다.

노파의 잔꾀

— 산란의 번뇌

옛날 어떤 노파가 나무 밑에서 잠을 자다 곰을 만났다. 곰과 노파는 나무를 빙빙 돌며 실랑이를 벌였다. 곰은 한쪽 앞발로는 나무를 붙들고 다른 한쪽 앞발로는 노파를 붙들려고 했다. 그러다 노파는 나무를 감싸안고 있는 곰의 두 앞발을 한꺼번에 붙들게 되었다. 이러지도 저러지도 못하고 있던 노파는 지나가는 사람에게 말했다.

"당신도 이 곰을 같이 잡아서 고기를 나누면 어떻겠소?"

지나가는 사람은 이 말을 믿고 노파가 붙들고 있던 곰의 앞발을 대신 붙들었다. 그러자 노파는 그를 두고 도망가버렸다.

산란(散亂)이란 마음이 방만하여 안정되지 않고 갈팡질팡하는 것을 말한다. 앞에서 언급한 도거는 특정한 대상에 대해서 흥분한 상태를 말하고, 산란은 아무런 대상도 없이 집중하지 못하고 산만한 것을 말한다. 삼매(三昧, 잡념 없이 집중된 마음 상태)나 등지(等持, 가지런한 마음을 지켜나감)와 반대되는 마음의 작용이다.

이 이야기에 나오는 행인은 노파가 붙들고 있는 것을 대신 붙들고 있다가 화를 입는다. 여기에서 노파가 붙들고 있던 곰은 갖은 요설(妖說, 요망한 이야기들)을 말한다. 우리는 살다보면 숱한 주장과 요설들, 자기만의 체험에서 나온 객관적이지 않은 관념들 속을 미로처럼 헤매게 된다.

그런 곰을 만나 본래의 마음공부에 집중하지 못하고 산란한 마음으로 나무를 빙빙 돌 듯, 쓸데없는 생각의 늪을 헤매다 지치게 된다. 혹은 엉뚱한 계율과 주석에만 몸과 마음을 뺏기고 위험에 처하게 된다. 다른 사람의 복잡한 관념들이 내 머리에 저장되고, 그런 고정관념과 기억들이 어느 순간부터는 내 것처럼 되어 그 속을 헤매다보면 마음이 산란해져 본래 목적은 아예 사라져버린다.

그렇게 잘못된 관념의 늪이 생기는 이유를 살펴보면, 대체로 애초에 무엇인가를 남보다 쉽고 빠르게 얻으려는 탐욕으로 바른 길을 걷지 않았거나 교만한 마음에서 출발한 경우가 많다.

마음이 산란할수록 자신의 마음을 잘 살펴서 거기에까지 이르게 된 경위를 차근차근 되짚어보아야 한다. 그리고 초심으로 돌아가 기본에 충실을 기하고 근본에 집중해야 한다.

상처를 치료하는 방법

— 부정지의 번뇌

어떤 죄인이 왕 앞에 불려가 매를 심하게 맞았다. 그는 매 맞은 자리를 치료하기 위해 상처에 말똥을 발랐다.

그것을 지켜본 사람이 크게 기뻐하였다.

"상처를 확실하게 치료하는 법을 알아냈다."

그는 곧 집으로 돌아와서 아들에게 말했다.

"내가 좋은 치료법을 얻었으니 너는 당장 내 등을 상처가 나도록 때려라."

남자는 매를 맞은 자리에 말똥을 바르고 의기양양한 모습을 보였다.

부정지(不正知)는 관찰하는 대상에 대해서 잘못 이해하는 것을 말한다. 부정지는 왜곡된 지식으로, 올바른 가르침을 제대로 인식하지 못함으로써 생기는 번뇌다.

바른 가르침을 자기 마음대로 왜곡하여 실수를 하는 경우가 많다. 일부러 상처를 내는 것도, 냄새나는 말똥 약을 바르고 다녀야 하는 것도 모두 곤욕이다. 치료법을 안다고 해서 일부러 상처를 내는 것은 불필요한 짓이다.

수행자도 어느 정도 수행을 하면 거만한 마음이 생겨서 자기 마음을 언제든 돌이킬 수 있고 탐욕으로부터 언제든 자유로워질 수 있다고 자만하여 온갖 쾌락에 몸을 맡기는 수가 있는데, 그러다 돌이킬 수 없는 지경에 이르는 경우도 많다. 긴요한 경험도 아닌데 굳이 외줄타기를 하며 자신의 삶과 마음을 그르치고 위태롭게 해서는 안 된다.

『백유경』의 해석에는 이런 이야기가 딸려 있다. 어떤 사람이 부정관(不淨觀)을 닦으면 오온의 질병을 고칠 수 있다는 말을 듣고는 스스로 여색과 다섯 가지 탐욕을 관(觀)할 것이라고 했지만, 도리어 여색에 빠져 생사에 흘러다니다 결국 삼악도에 떨어졌다.

여기서 관한다는 것은 진리를 관찰하고 명상하는 수행법이다. 부정관은 육체의 더러움과 덧없음을 관찰하고 명상함으로써 그것으로부터 자유로워지고 청정함을 유지한다는 말이다. 그러니 그렇게 몸소 뛰어들어서 직접 경험할 필요는 없는 것이다.

그런데 이 사람은 부정관을 잘못 받아들였다. 부정관을 닦는다며 여색에 빠진 이 사람처럼, 부정지의 번뇌로 올바른 가르침을 왜곡해서 이해하고 그것을 오히려 쾌락의 도구로 삼다가 선법을 잃고 스스로를 망가뜨리는 일은 없어야 할 것이다.

맛있는 과일을 찾아서
— 불신의 번뇌

옛날 어떤 부자가 잔치를 벌이려고 하인을 시켜 다른 사람의 농장에 가서 암바라 열매를 한 바구니 사오도록 했다.

"맛있고 다디단 암바라 열매를 사오너라."

하인은 주인에게 돈을 받아 곧장 인근 농장으로 떠났다.

농장에 도착한 하인이 달고 맛있는 열매를 달라고 하자, 농장 주인이 말했다.

"우리집 과일은 모두 신선하고 맛있어서 걱정할 필요가 없소. 직접 맛을 보면 알 것이오."

하인이 과일 하나를 맛보고는 말했다.

"하나만 맛을 봐서는 알 수 없으니 전부 맛을 봐야겠소."

결국 하나하나 모두 맛을 본 후 그것을 사가지고 돌아왔다.

집주인은 베어 먹은 자국이 있는 과일은 잔치에 쓸 수 없다며 화를 냈다.

불신(不信)은 참된 진리에 대해서 믿지 않는 마음이다. 깨달음의 실체와 힘, 덕성스러운 것들을 믿지도 않고 구하지도 않는 마음이다. 이것은 앞에서 언급한 해태나 방일로 이어지기도 한다.

이 이야기는 극단적인 경험주의자에 관한 것이다. 과거 프로이센의 비스마르크가 그랬다고 한다. 그는 자신이 직접 보지 않은 것은 믿지 않는 철저한 경험주의자였다. 경험은 물론 중요하지만, 극단적인 경험주의에 빠지면 안 된다.

우리는 젊은 날에 삶의 다양한 면모를 두루 체험해야 삶의 실체를 알고 자신의 진면목을 알 수 있을 것이라고 넘겨짚는 경향이 있다. 그래서 군이 가지 않아도 되는 길까지 가고 애써 한계를 넘나들면서 고통을 자초했다가 두고두고 후회하는 경우가 있다. 인생은 짧기에 모든 것을 다 경험할 수 없다.

성경에도 보지 않고 믿는 자는 복이 많은 자라고 했다. 상근기(上根機)는 본래 몇 가지 징험만으로도 진리에 대한 믿음을 가진다. 세상의 온갖 책을 다 읽고 죽을둥살둥 산전수전 온갖 괴로운 경험을 다 해야만 진리를 찾고 마음공부를 시작할 수 있다면 얼마나 슬픈 일인가?

요즘에는 다들 국내외 여행을 유행처럼 다닌다. 여가를 즐기는 것은 아주 좋은 일이다. 하지만 여행을 못 간다고 남들과 비교하며 괴로워할 필요도 없고, 거기에 너무 연연할 필요도 없다. 외적인 경험이 많다고 해서 더 지혜롭고 더 행복한 사람이 되는 것은 아니다.

물론 새로운 경험, 한 번도 겪어보지 않은 세계를 만나는 것은 좋은 자극이 될 것이다. 그러나 정작 중요한 것은 경험을 할 때 어떤 태도와 관점을 가지고 접근하느냐다. 흔한 말로, 여행이 행복하고 즐겁고 설레는 것은 그 대상보다도 여행자의 마음을 갖는 데 있다고 하지 않는가?

무엇보다 가장 큰 여행지는 우리 내면에 있다. 성향과는 다른 문제다. 외부의 대상과 접촉하여 더 많은 것을 얻더라도 결국 그 지향점은 외부가 아니라 내면을 향해야 한다. 아무리 마셔도 목마름이 가시지 않는 소금물처럼 자신이 바라는 외부의 경험과 대상을 더 얻기 위해서가 아니라, 그것을 통해서 반응하는 내 마음을 관찰하고 그 변화에 집중해야 더 보편적인 실상을 얻을 수 있는 것이다.

이미 지나간 일들이 현재에 남아서 나를 괴롭히고,

그 괴로운 현재와 싸우다보니 나의 미래까지 망친다.

나를 망치는 한의 번뇌를 당장 내 손으로 끊어내야 한다.

살을 기워준 왕

— 해의 번뇌

옛날 어떤 나라에 왕에게 험담을 하는 사람이 있었다.

"왕이 포악하여 나라를 잘못 다스리고 있소."

왕은 크게 분노하여 그런 말을 퍼뜨린 자를 잡아오라고 했다. 아첨하는 신하가 한 명 있어 왕의 눈에 들 목적으로 어진 신하를 무고하였다. 왕은 제대로 조사하지도 않고 그 신하를 매달아 백 냥가량의 살을 베어냈다.

훗날, 벌을 받은 신하가 그런 말을 하지 않았다는 것이 밝혀지자 왕은 마음 깊이 뉘우치며 천 냥가량의 살을 이미 베어낸 그 자리에 기워주었다. 신하가 밤낮으로 신음하며 괴로워하자 왕이 물었다.

"왜 그렇게 괴로워하느냐? 열 배의 살을 붙여주었는데도 만족스럽지가 않으냐?"

신하는 여전히 신음을 내뱉으며 대답했다.

"전하께서 만약 세자 저하의 머리를 베었다면 천 개의 다른 머리를 얻더라도 세자의 죽음을 면하지 못할 것입니다."

해(害)란 자신의 이익이나 안정을 위해, 혹은 어리석음으로 인해서 동정심 없이 남을 죽이고 때리고 괴롭히는 것을 말한다. 공감하는 마음이나 동정심 없이 남에게 끼친 해악은 상대방에게 평생의 상처가 될 수 있다. 눈에 띄게 선한 일을 하기보다는 작은 피해라도 입히지 않는 것이 중요하다.

이 이야기는 수단과 목적에 대해서도 생각해볼 거리를 제공한다. 큰일을 성취한다는 미명하에 크든 작든 악행을 저지르는 것은 이치에 안 맞는다. 좋은 목적을 위해서 나쁜 수단을 동원하는 것은 자기합리화나 핑계에 불과하다.

선업을 쌓고 바른 마음을 닦겠다는 마음가짐이 있다면 먼저 두드러지게 좋은 일을 하기보다는 비록 사소한 일이라도 나쁜 일을 저지르지 않는 것이 중요하다.

나뭇가지에 상처 입은 여우
— 혼침의 번뇌

언젠가 여우 한 마리가 나무 위에 앉아 쉬고 있었다. 나무는 여우가 눈과 비를 피하는 안식처였다. 그런데 어느 날 강풍으로 나뭇가지가 부러져서 여우의 등에 떨어졌다. 여우는 상처 난 등을 어루만지다가 먼 곳으로 달아나버렸다.

날이 저물어도 여우는 본래의 안식처였던 그 나무로 돌아가지 않고 멀리서 지켜만 보았다. 바람에 나뭇가지가 흔들리는 것을 보고 두려워하며 말했다.

"저 나무가 나를 다시 오라고 하는구나."

그래도 여우는 불안에 떨며 다시는 그쪽으로 가려 하지 않았다.

혼침(昏沈)은 마음이 우울하고 의기소침해져 있는 것이다. 마음이 맑고 경쾌하며 유연한 것을 잃어서 자신감이 없는 상태다. 이러한 혼침은 절망하고 좌절한 탓에 다시 일어서기 힘든 마음이며, 과거의 상처나 기억에서 헤어나지 못함으로써 맑은 지혜를 구하기 힘든 상태를 말한다. 물론 그 밖의 여러 번뇌와 달리, 대개 이런 우울한 병증은 본인의 잘못이 아니라 가족이나 친구, 사회생활로 인한 외부 충격 때문일 것이다. 따라서 혼침을 질병의 차원에서 다루자면 문제의 원인으로 거슬러올라가는 치료를 받아야 할 테지만, 이러한 번뇌를 가지고 있다고 해서 자학할 필요는 없다.

우연이든 어떻든 한번 입은 마음의 상처는 그대로 고정관념이나 콤플렉스가 되는 경우가 많다. 그런 기억과 터부가 우리를 늘 따라다니며 괴롭힌다. 그 일은 이미 지난 일이고 상황은 바뀌었는데도 좀처럼 다시 접근하지 못한다. 그 대상에 대해서 왜곡된 인식을 갖는다. 좋은 지혜와 안식처가 있어도 다시 그 인연을 회복하지 못하는 것은 우리의 의식에 내재된 저 여우와 같은 어리석음 때문이다.

『무』라는 책으로 유명한 대행 스님은 삶에서 언제나 버리고 떠나기를 실천할 것을 강조했다. 과거의 기억과 고정관념에 사로잡히지 않고 버리고 떠날 수 있다면, 현실을 그대로 직시하면서 안식을 얻을 수 있을 것이다.

옛날 어떤 사람에게 일곱 아들이 있었는데, 어느 날 큰아들이 죽었다. 그 일을 겪고 집이 싫어진 그는 집을 버려둔 채 가족들을 데리고 멀리 떠나려 했다.

자식 장례도 치르지 않고 길을 떠나는 그를 보고 이웃집 사람이 말했다.

"사람이 살고 죽는 길이 달라서, 어서 장례를 치러 황천길로 떠나보내는 것이 마땅한데, 어찌 육신이 썩게 내버려두고 길을 떠나려 하는가?"

남자는 이 말을 듣고 곰곰이 생각했다.

'만약 집에 내버려두지 않고 이왕 장사를 지내야 한다면 아들 하나를 더 죽여 머리 둘을 메고 가는 것이 더 그럴듯해 보이지 않을까?'

그는 곧 다른 아들 하나를 더 죽여서 한 손에는 큰아들의 머리를, 다른 손에는 또다른 아들의 머리를 들고 깊은 숲속으로 들어가서 장례를 치렀다.

사람들은 그것을 보고 전에 없이 괴상한 일이라며 크게 비난했다.

이것은 실로 어리석은 사람의 이야기이지만, 우리가 늘 범하는 실수 중의 하나다. 우리의 이성은 한번 나쁜 세계로 빠져들면 자신을 그 그림에 맞춰 얄보는 경향이 있다.

여기에 덧붙여진 이야기가 있다.

한 수행자가 계율을 범하고도 모른 척하고 스스로 청정한 척

하였다. 그 모습을 본 어떤 사람이 그에게 말했다.

"집을 떠나 수행하는 사람은 계율을 금쪽같이 여겨서 지키기를 한 치의 흐트러짐도 없이 해야 하는데, 그대는 왜 계율을 어기고도 참회하지 않는가?"

그 말을 듣고 부끄럽게 여긴 수행자가 대답했다.

"진실로 참회할 바에는 또다시 범한 후에 참회할 것이오."

그후 그는 많은 계율을 범하고 온갖 불선한 행동을 저지르고서야 남에게 알리고 참회했다. 이 일이 바로 본래 이야기의 어리석은 사람이 한 아들이 죽으니 다른 아들을 일부러 더 죽인 것과 같은 것이다. 죄를 짓거나 실수를 저지른 자는 자기 스스로를 그런 사람이라고 규정해버리고 또다시 죄를 짓고 어리석은 짓을 하는 것을 당연하게 여긴다. 하지만 그로 인한 고통은 고스란히 자기 자신의 몫이다.

언제든 다시 일어설 수 있다는 것을 믿어야 한다. 한시라도 빨리 방향을 전환해야 한다. 그게 힘들다면 일단 잠시 멈추기라도 해야 한다. 잠시 멈추고 자기만의 시간을 갖거나 다른 공간으로 거처를 옮기며 사람들을 만나 대화를 나누면서 기분전환이라도 해야 한다.

어리석은 자는 바른길로 가는 것을, 언젠가 해야겠다고 마음먹었던 것을 늘 미룬다. 좀더 즐기며 누릴 것 다 누린 후에 그 길을 가겠다고 생각한다. 그것이 결국은 자신을 점점 망가뜨리는 일인 줄 모르거나, 심지어 알면서도 타성에 젖어 모른 체하고 같은 실수를 반복한다. 그게 곧 자기 손으로 자식을 죽이는 것만큼 끔찍한 일인데도 말이다.

우리는 잘못을 바로잡는 일을 미루지 말아야 하고, 한번 실수했다고 해서 자신의 남은 미래마저 전부 쓰레기통에 처박아서는 안 된다. 좌절한 적이 있다고 해서 나쁜 습관을 반복하는 것은 자신의 남은 자식을 계속 죽이는 것만큼이나 괴상하고 어리석은 일이다.

어떤 부자가 소 백 마리를 키우고 있었다. 그는 날마다 같은 시각에 들판으로 소떼를 몰고 나가서 풀을 뜯겼다. 백 마리나 되는 소를 규칙적으로 돌보는 일을 보람 있고 자랑스럽게 생각했다. 그러던 어느 날 산에서 내려온 호랑이가 소 한 마리를 잡아먹었다. 이 사람은 크게 좌절했다.

'이제 소 한 마리가 죽었으니 완전한 것이 못 된다. 나머지 소들을 어디다 쓰겠는가?'

그는 곧 큰 구덩이에 소들을 몰아넣어 전부 죽여버렸다.

바른 규칙을 지키고 어기는 것이 이와 같다. 백 마리라는 숫자를 유지하는 일이 중요한 것이 아니라 하루하루를 충실하게 사는 것이 중요한 것처럼, 규칙에만 너무 집착해서는 안 된다. 그리고 한 가지 규칙을 어겼다고 나머지 규칙을, 다른 소중한 일상을

죽일 필요는 없다. 소는 여전히 또 기르고 낳고 할 수 있는 것이니
굳이 지금 당장 백 마리를 채우지 않아도 되는 것처럼 말이다.

음식의 소금
— 번뇌의 첫째 뿌리, 아치

옛날 어떤 어리석은 사람이 밥집을 가게 되었다. 그는 매사에 흡족함을 느낄 줄 모르는 사람이었다. 밥집에서 음식을 주문했는데, 역시나 불만스러웠다. 음식이 너무 싱겁다고 계속 불평을 했다. 그 말을 들은 밥집 주인은 소금을 한 숟가락 넣어주었다. 불평거리가 없어진 그 사람은 음식을 먹으면서 생각했다.

'이렇게 음식이 맛있는 것은 소금 덕분이다. 소금을 이렇게 한 숟가락만 넣어도 음식이 맛있는데 소금만 먹으면 얼마나 맛있겠는가?'

그래서 그는 끼니마다 소금만 먹었고, 결국은 탈이 나서 의원 신세를 지게 되었다.

우리는 전체적인 사고를 하지 않는다. 소금은 약간으로도 큰 효과를 낸다. 하지만 그것만으로 모든 것을 다 해결할 수 있는 만병통치약이라고 생각해서는 안 된다. 음식에 소금뿐 아니라 쌀, 물, 채소 등이 필요한 것처럼 삶도 마찬가지다.

지식도, 지혜도, 사랑의 감정도, 분발함도 마찬가지다. 다른 조건들이 갖추어졌을 때 그것이 한 숟가락의 소금처럼 강력한 효과를 발휘하는 것이다. 그것을 떠받치고 있는 반대되는 것들, 그것을 아우르고 있는 것들을 함께 고려하지 않으면 언제나 편협한 생각에 빠지고 실수를 저지르게 된다.

이렇게 전체를 생각하지 않고 부분에 빠지는 것은 모두 아치 때문이다.

아치(我癡)란 진리에 대해서 모르는 어리석은 무명의 자아를 말한다. 불법의 진리는 일체개고, 제법무아, 제행무상, 적정열반의 사법인(四法印)인데, 이것을 모르는 것이다. 제법무아의 무아와 적정열반의 공이라는 자아의 실체에 대해서 모르고, 그런 탓에 어리석게도 오직 자아에만 집착하고 자아에만 머물러서 모든 것을 분별(分別, 구별하고 판단)하고 사량(思量, 생각하고 헤아림)하는 것을 아치라고 한다. 유식론에서는 아치를 무명의 근원으로 보며, 사번뇌 중에서도 가장 강력하고 근본적인 것으로 본다.

아치는 근본적으로 어리석음이다. 밝게 헤아리지 못하고 자기

중심적인 눈으로만 보기 때문에 진리와 실체를 보지 못하고, 사리분별에 어두운 것이다. 이러한 아치는 주로 전체를 보지 못하고 부분에 매달리는 현상으로 나타난다.

　불교철학에는 오감(전오식)과 의식(육식) 아래에 말나식(末那識, 최말단, 안쪽에 있는 마음, 칠식이라고도 한다)이 있다고 한다. 말나식에는 본능의 마음과 자아의 마음이 있다. 심리학에서 말하는 무의식과 비슷한 개념이다. 불교철학에서는 말나식에서 아치(고정된 '나'라는 실체가 있다는 근본적인 어리석음), 아애(자신에게만 빠져서 자신만 사랑하는 마음), 아만(나를 내세우는 오만한 마음), 아견(자기 관점만 옳다고 믿는 것)이 생겨나고 그것으로부터 온갖 번뇌가 초래된다고 본다. 따라서 이러한 마음의 뿌리를 알고 그것으로부터 자유로워져야 번뇌로부터 해방될 수 있다.

자식의 죽음을 예언한 사람
— 번뇌의 둘째 뿌리, 아애

옛날에 아들 하나를 둔 남자가 있었다. 그는 자신이 대단한 지혜를 갖추고 있다고 자랑삼아 말하고 다녔다. 특히 하늘에 떠 있는 별을 보면 장차 일어날 일들을 내다볼 수 있다고 했다. 하지만 사람들은 그의 말을 믿지 않았고, 그래서 그는 괴로워했다.

어느 날 그는 다른 나라로 건너갔다. 그리고 사람들이 북적대는 시장에서 아들을 끌어안고 울부짖었다.

"그대는 왜 어린 아들을 안고 울고 있소?"

"이 아이는 일주일 뒤면 죽을 것이오. 어린 나이에 일찍 죽는 것이 가련해서 우는 것입니다."

"사람의 병증은 변화가 많아 죽음을 예측하기는 쉽지 않은 일인데 어찌 미리부터 걱정하면서 울고만 있는 거요?"

"해와 달이 모두 빛을 잃고, 별들이 하늘에서 땅으로 떨어지는 일이 생기더라도 내 예언은 반드시 실현될 것입니다."

그리고 일주일 뒤 그는 자신의 예언을 입증하기 위해 자기 손으로 아들을 죽였다. 그 나라 사람들은 그 아이가 죽었다는 소문을 듣고 탄복하며 그 남자를 칭송했다.

"그는 참으로 지혜가 많은 사람이다. 그의 말이 모두 맞았구나."

아치에서 비롯된 또다른 번뇌의 뿌리인 아애(我愛)는 오직 변함없이 자기만을 사랑하는 마음으로, 아탐(我貪)이라고도 한다.

요즘의 사회관계망 서비스(SNS) 같은 1인 미디어를 보면, 온갖 방식으로 변형된 아애, 아탐을 한없이 볼 수 있다. 자신을 사랑하는 것은 좋은 일이지만, 문제는 오직 자기만을 사랑하여 남에게 피해를 준다거나, 자기 사랑이 너무 지나쳐서 판단이 흐려져 큰 문제를 일으키는 것이다.

나르시시즘이라는 말로 유명한 나르키소스는 자신을 너무 사랑한 나머지 호수에 비친 자기 모습을 보고 반하여 물에 빠져 죽었다고 한다. 얼마나 어리석은 일인가?

이 설화는 가면놀이에 빠진 어리석은 사람의 이야기다. 많은 사람들이 자신만의 어리석은 신념체계, 패러다임, 이미지를 위해서, 자신이 만든 자신의 허상을 유지하려고 가장 소중한 것을 죽이고 영영 괴로워하며 고통을 받는다. 우리는 자신의 포장지, 자신의 가면, 페르소나를 지키기 위해서 얼마나 괴로워하는가? 그리고 정작 소중한 자신의 자식, 자신의 자유를 잃어버린다. 자신의 허상을 사랑하여, 자신의 본모습을 죽여버리는 것이다.

공주와의 결혼
— 번뇌의 셋째 뿌리, 아견

옛날 어떤 농부가 성안으로 구경을 갔다가 공주를 보고는 사모하는 마음이 생겼다. 상사병에 걸린 농부는 몇 날 며칠을 식음을 전폐하고 자리에서 일어나지도 못했다.

그것을 본 친척들이 왜 이렇게 되었느냐고 물었다.

"지난번에 공주의 아름다운 모습을 보고 사모하게 되었습니다. 공주와 결혼하지 못하면 저는 죽고 말 것입니다."

친척들은 그를 불쌍하게 여겨 도와주려고 했다. 공주를 만나고 온 친척들이 농부에게 말했다.

"공주를 만나서 너의 사정을 이야기했으나 너와의 결혼을 조금도 원치 않는다. 이제는 그만 잊고 정신을 차려라."

농부는 그 말을 듣고 웃으며 말했다.

"틀림없이 공주와 결혼할 수 있을 것입니다."

아견(我見)은 아집이라고도 하는데 자신만의 견해에 집착하는 것이다. 자신만의 관점으로 구성한 주관적인 세계를 절대적인 진리의 세계라고 착각하는 것을 아견이라고 한다.

아견은 역시 아치에서 출발한 것으로 아치와 비슷한데, 아치가 밝게 사유(思惟)하지 못하는 전반적인 어리석음이라고 한다면, 아견은 주로 자신만의 주관적인 관점만 옳다고 믿고 그것을 내세우며 고수하는 것을 말한다.

우리는 종종 헛된 환상을 실제인 양 믿는다. 헛된 꿈을 꾸고 거기에 힘과 시간을 허비한다. 그것은 적은 씨앗을 뿌리고 많은 결실을 얻으려는 것만큼이나 어리석다. 딸기 씨앗을 뿌리고 수박이 열리기를 바라면서, 주위에서 잘못을 지적하더라도 반드시 그리될 것이라고 우긴다. 세월만 허비한 채 언젠가 기대는 실망으로 바뀔 것이고 마음으로도 헛된 수고로움뿐이다. 환상은 환상일 뿐이다. 이렇듯 어리석게 자신만의 주관을 내세우며 자신만의 환상을 끝까지 옳다고 믿는 것이 아견이다.

이러한 아견은 우리의 삶에 두루 있는 일이고, 누구나 갖고 있는 마음의 깊은 뿌리다. 공기처럼 흔한 것이어서 굳이 찾으려 들지 않아도 주위에서 언제나 볼 수 있다. 말나식은 그만큼 우리의 의식 속에 깊이 뿌리박고 있기 때문이다.

옛날 아름다운 여인을 아내로 둔 사람이 있었다. 그는 아내를 애지중지했지만, 아내는 남편의 기대와 달리 남편만을 사랑하지 않았다. 남편이 없을 때는 몰래 외간남자와 정을 통했다.

그러다 어느 날 남편이 먼길을 떠나게 되자, 아내는 아예 남편을 버리고 외간남자와 살려고 마음을 먹었다. 아내는 이웃에 사는 노파를 불러 돈을 쥐여주며 은밀하게 부탁했다.

"내가 떠난 뒤 어떤 여자라도 좋으니 죽은 여자의 시신이 있으면 적당히 훼손해서 우리집에 놓아두세요. 그리고 남편이 집에 돌아오면 내가 몹쓸 병에 걸려 이미 죽었다고 말해주세요."

남자는 먼 여정을 마치고 집에 돌아왔고, 노파는 말했다.

"당신의 아내는 이미 죽었소."

남편은 시신을 보자 그것을 자기 아내라고 믿고 몇 날 며칠을 시신을 끌어안고 슬피 울었다. 그리고 기름을 부어 화장하고, 뼛가루를 자루에 담아 밤낮으로 끌어안았다.

몇 달이 지난 어느 날, 아내는 외간남자가 싫어졌다. 남편의 소중함을 새삼 느낀 아내가 집으로 돌아와 남편에게 말했다.

"제가 당신의 아내입니다."

죽었던 아내가 돌아왔지만 남편은 조금도 놀란 기색이 없이 대답했다.

"내 아내는 벌써 죽었소. 이 자루에 담긴 뼛가루가 내 아내요. 당신은 누군데 내 아내라고 거짓말을 하는 거요?"

여자는 거듭 자신이 당신의 진짜 아내라고 말했지만 남편은 끝내 믿지 않았다.

우리는 반복해서 교육받은 어떤 것, 자신의 개인적인 경험으로 보아 그럴듯한 삿된 언어들로 잘못된 고정관념을 형성한다. 그렇게 자기만의 굳건한 아견의 성을 만들고는 그것에 애착을 느끼고 밤낮으로 지키려 한다.

옛날 중국에 완수라는 사람은 평소에 귀신이 없다고 믿었다. 그는 말솜씨가 뛰어나서 귀신에 대해서 이야기하는 사람에게는 귀신이 없다는 것을 논리적으로 설명했다.

누군가가 사람은 죽으면 귀신이 된다고 말하면 완수는 이렇게 물었다.

"사람들이 봤다는 귀신들의 이야기를 들어보면 모두 생전의 옷을 입고 있다고 하는데, 그렇다면 사람이 귀신이 되는 것처럼 옷도 귀신이 되는 것이오?"

그러던 어느 날 한 손님이 완수를 찾아와 그의 집에 머물렀다. 그는 흥미로운 이야기를 많이 해서 주위에 사람들이 항상 많았다. 하지만 그 손님은 절대 귀신에 대한 이야기는 하지 않았다. 손님의 생각이 궁금했던 완수는 귀신이 있다고 생각하느냐고 물었다. 아무 대답도 하지 않는 손님에게 완수는 귀신이라는 것은 절대로 없다고 손님을 압박했다.

그러자 손님이 갑자기 낯빛을 바꾸며 말했다.

"동서고금을 통해 성현들도 모두 귀신이 있다고 했는데 왜 유독 당신만 없다고 하는 거요?"

말을 끝낸 손님은 갑자기 모습이 일그러지더니 사라져버렸다. 그가 귀신이었던 것이다. 완수는 매우 놀라 한동안 아무 말도 하지 않았다. 그리고 시름시름 앓더니 1년 후에 죽고 말았다.

자신의 견해만 옳다고 믿어서 생긴 고정관념은 쉽게 사라지지 않는다. 집요하게 남아서 나를 괴롭힌다. 그러한 아견의 병폐는 몸에 박힌 가시처럼 지속적으로 나를 힘들게 하고 아프게 한다. 그것을 뽑아내버리기란 무척 어려운 일이다. 그렇지만 드러난 염증에 약만 바르는 처치만으로는 부족하다. 아예 그것을 뽑아버려야만 속시원하게 내 병을 치료할 수 있을 것이다.

만물을 만드는 제자

— 번뇌의 넷째 뿌리, 아만

옛날 범천왕은 만물을 만들고는 쉬고 있었다. 브라만은 그의 공덕을 칭송했다.

그런데 범천왕의 제자 중 한 사람이 이렇게 말했다.

"저도 만물을 만들고 싶습니다."

"너는 아직 지혜가 부족하여 만물을 만들 수가 없다. 너의 지혜는 불완전하다."

그러나 제자는 끝까지 욕심을 부리며 만물을 만들려고 했다. 그것을 본 범천왕이 말했다.

"네가 지금 만든 것은 머리가 너무 크고 목이 너무 가늘다. 손은 너무 크고 팔은 너무 작다. 다리는 너무 짧고 발꿈치는 너무 크다. 네가 만든 것은 마치 요괴 같구나."

이 말을 듣고 그제서야 제자는 범천왕의 지혜를 본받기 위해 깊은 선정에 빠지는 수행에 들어갔다.

아만(我慢) 역시 아치에서 출발한다. 아만은 남과 자신을 비교하여 자신을 높이고 남을 낮추어보는 것이다. 아만을 제거했다고 자랑스럽게 여기는 것도 아만의 일종으로, 아만을 없애기란 어려운 일이다.

이 이야기의 주인공이 만든 것은 모두 균형을 이루지 못하고 있다. 아만에 빠진 자들의 생각이 이와 같다. 자기를 제대로 보지 못하고 과대평가하기 때문에 그의 생각은 모두 불균형에 빠지고 사물을 왜곡하여 본다. 덜 익은 생각과 재주로 사람과 세상을 함부로 대한다. 실체를 제대로 보지 못한 대가는 결국 자신의 몫이 된다.

불교 유식론의 대표적 경전이라 할 수 있는 『성유식론』에서는 자아를 높여서 보는 아만을 일곱 가지로 정리했다.

첫째, 만(慢)이란 물질적인 조건과 타고난 능력이 남들보다 낫다고 생각하는 것이다.

둘째, 과만(過慢)이란 물질적인 조건과 타고난 능력이 동등할 때 희생정신이나 용기, 계율을 지키는 힘 등이 남들보다 뛰어나다고 생각하는 것이다.

셋째, 만과만(慢過慢)이란 만심이 좀더 높아진 상태로, 물질적인 조건과 능력이 자기보다 뛰어난 사람을 인정하지 않고 내심 자신이 더 훌륭한 사람이라고 생각하는 것이다.

넷째, 비만(卑慢)이란 상대가 나보다 뛰어나지만 차이가 아주 근소하다고 생각하는 것이다.

다섯째, 아만(我慢)이란 자신의 덕이 남들보다 뛰어나다고 생각하는 것이다.

여섯째, 증상만(增上慢)은 깨달음을 얻지 못했으면서도 깨달았다고 생각하는 것이다. 수행중에 나타나는 왜곡된 마음이다.

일곱째, 사만(邪慢)은 덕이 부족하면서도 덕이 있다고 생각하는 것이다. 역시 수행중에 나타나는 삿된 마음이다.

사실 이러한 만심(慢心)을 모두 없애기란 매우 어려운 일이다. 그러나 자신을 돌아보고 그것을 줄이려는 노력이라도 하면 자신의 삶을 훨씬 가볍게 만들고 다른 사람과의 교감도 원활하게 만들어줄 것이다.

넷째 풍경

———————

깨달음과
수행

바른 진리를 찾으려는 이는

마땅히 분별심에서 벗어나

어느 한쪽에도 치우치지 않는

중도의 진리를 구해야 한다.

형제의 유산

— 분별하는 마음, 하나

옛날 어떤 부자가 위중한 병으로 죽게 되자 두 아들을 불러 유언을 남겼다.

"내가 죽고 나면 남겨진 재물은 똑같이 나눠 가지도록 해라."

아버지가 죽은 뒤 재산을 나누고 있는데 형이 불만 어린 목소리로 말했다.

"재산을 나누는 것이 아무래도 공평하지 못한 것 같다."

형이 다시 나누기 시작하는데 이번에는 동생이 똑같은 불만을 늘어놓았다.

그러자 그것을 지켜보고 있던 한 노인이 말했다.

"너희에게 공평하게 물건을 나누는 법을 알려주겠다. 지금 가지고 있는 물건들을 모두 반으로 정확히 쪼개서 가지면 될 것이다."

형제는 그 말을 듣고는 옳다구나 생각하고 물건을 나누기 시작했다.

옷도 반으로 찢고 밥상이나 항아리도 부수어 반으로 쪼갰다. 심지어 동전과 지폐도 반으로 부수고 찢어서 나눠 가졌다.

우리는 좋은 것과 나쁜 것, 내 것과 네 것, 이것과 저것, 내 편과 남의 편을 구분하는 데 익숙하다. 우리는 이렇게 매사를 분별하는 습관을 가지고 있다.

하지만 분별심은 온전한 실상을 보기 힘들게 만든다. 나와 남을 구분하고, 옳고 그름을 가리는 시비지심(是非之心)으로 이것과 저것을 구분해서는 전체를 제대로 보기 어렵다.

장님 코끼리 만지기라는 말이 있다. 코를 만진 사람은 코끼리가 길쭉한 뱀과 같다고 하고, 다리를 만진 사람은 나무와 같다고 하고, 배를 만진 사람은 벽과 같다고 한다. 하지만 그것은 코끼리의 바른 실상이 아니다. 우리가 분별심으로 대상을 파악하는 것이 이와 같다. 세상의 모든 것들은 양면을 함께 갖고 있다. 음적인 면과 양적인 면이 있는데 어느 한쪽만을 취하려 들면 번뇌와 어리석음에 빠지기 쉽다.

미녀와 추녀

— 분별하는 마음, 둘

옛날 어떤 사람이 길에서 절세의 미인을 만났다. 그는 그 미인에게 빠져서 자신의 집으로 초대했다. 미녀가 오는 날만 학수고대(鶴首苦待, 학처럼 목을 빼고 애타게 기다린다)하던 남자는 드디어 약속한 날에 미녀를 맞이하게 되었다. 그런데 그 미녀가 들어올 때 못생긴 추녀가 함께 들어왔다.

"저 여자는 누군가요?"

"제 동생입니다."

"저는 동생은 초대한 적이 없습니다. 언니만 들어오세요."

"우리는 늘 함께 다니기 때문에 그렇게 할 수 없습니다."

우리가 찾는 즐거움이란 대체로 이렇게 동전의 양면처럼 괴로움과 함께하는 것이다. 마음공부를 하여 바른 지혜를 닦은 사람은 이러한 분별심에 빠지지 않고 전체 모습, 온전한 실상을 본다. 이러한 사량분별심은 모두 나 자신에게 마음이 머물러 자아가 형성되어 있기 때문에 생겨나는 것이다.

빨래하는 여인
— 분별하는 마음, 셋

원효와 의상은 함께 당나라 유학길에 올랐으나 원효는 중간에 깨달은 바가 있어서 돌아오고, 결과적으로 의상만 다녀왔다. 서기 670년 의상대사가 당나라에서 돌아온 이후 의상은 낙산의 관음굴에서 지극정성으로 기도한 후 관음진신(觀音眞身, 관음보살의 참모습, 법신法身, 진리가 형상화되어 나타난 것)을 몸소 만났다. 의상이 7일을 기도하고 또 7일을 거듭하여 기도한 끝에 관음보살을 만났고, 그후 관음보살의 지시로 그곳에 절을 지었으니 낙산사라고 한다.

원효법사는 이 이야기를 듣고 자신도 관음보살을 친견하려고 낙산사로 향했다. 그러다가 낙산사 남쪽 교외의 논에서 흰옷을 입은 여인이 벼를 베는 모습을 보았다. 원효가 희롱 삼아 벼를 달라고 하자 여인은 벼가 아직 익지 않았다고 했다.

그러고는 다시 길을 가다 다리 밑을 지나게 되었다. 빨래를 하고 있는 여인을 만나 마실 물을 청하니 여인이 더러운 물을 주었다. 원효는 그 물을 쏟아버리고 스스로 깨끗한 물을 떠서 마셨다.

그때 근처 소나무에 앉아 있던 파랑새 한 마리가 "제호(醍醐, 맑은 물, 맑은 음식)를 싫다고 한 화상아!"라고 말하고는 멀리 날아가버렸다. 소나무 아래에는 신발 한 짝이 버려져 있었는데, 낙산사에 도착하자 관음보살상 밑에 신발 한 짝이 또 버려져 있는 것을 보고 원효는 자신이 만난 여인이 관음보살의 진신임을 알게 되었다.

그후 사람들은 그 나무를 관음송이라고 불렀다. 원효는 굴에 들어가 관음보살의 참모습을 보려고 했으나 거센 바람에 풍랑이 일어 도저히 들어갈 수 없었다고 한다.

여기서 벼가 아직 익지 않았다는 것은 원효가 아직 준비가 덜 되었다는 뜻이다. 더러운 물과 깨끗한 물, 청정한 것과 오염된 것을 구분하는 분별심으로는 깨달음을 얻을 수 없기 때문이다.

이것은 당대 중국에서 도입된 대승불교의 가장 고매한 철학인 대승기신론(大乘起信論)의 특성을 원효 자신의 이야기로 살펴볼 수 있는 아이러니한 설화이기도 하다. 대승기신론에서는 마음의 가장 근본적인 본체를 아뢰야식(阿賴耶識, 팔식이라고도 함)이라고 한다. 이 아뢰야식은 참된 것과 망령된 것이 함께 있는 마음이다.

부처를 흔히 여래라고도 한다. 여기에 파생된 여래장(如來藏)이라는 말도 있는데, 여래장은 부처가 될 수 있는 마음의 씨앗이다. 여래는 부처이고 장은 씨앗이기 때문이다. 이 말은 모든 사람이 부처가 될 씨앗을 가지고 있다는 뜻이다. 『대승기신론』에는 부처가 될 씨앗인 여래장과 마음의 근본인 아뢰야식을 함께 정리한 구절이 있다.

"마음의 생멸(生滅)은 여래장에 의지하여 나고 사라짐이 있는 것이다. 불생불멸과 생멸이 화합하니 하나도 아니고 다른 것도 아닌데, 이것을 이름하여 아뢰야식이라고 한다."

마음의 근본적인 본체인 아뢰야식이 곧 여래장이라는 말이다. 즉, 불생불멸하는 청정한 진리와 생멸하는 망령된 마음이 화합한 것이 아뢰야식이며, 그것이 곧 우리 안에 있는 부처의 씨앗, 부처의 마음이다.

이러한 대승기신론에 따르면 아뢰야식은 진망화합식(眞妄和合識)이다. 즉, 모든 법의 물든 것(染, 오염되다)과 청정한 것(淨, 청정하다)은 둘이지만 둘이 아니고 하나다. 진실한 실체(眞)와 망령된 허상(妄) 역시 둘이지만 둘이 아니고 하나다. 서로 화합하여 하나가 되어 있는 것이다.

하나이기 때문에 한 마음이다. 그래서 결론적으로 원효가 가장 강조했던 것도 일심(一心) 즉 한마음이었다. 우리도 분별하는 마음을 버리고 한마음으로 살아야만 걸림이 없이 자유롭게 살 수 있을 것이다. 한마디로 요약하면 이것이다. 원만하고 온전한 마음, 열린 마음으로 뻥 뚫린 마음으로 자유롭게 살려면 만사를 구분하는 분별심에서 벗어날 궁리를 해야 한다.

조주선사와 문원이라는 스님이 내기를 했다. 누가 더 낮아질 수 있는지 내기를 했는데 진 사람이 떡을 먹기로 했다.

조주가 먼저 말했다.

"나는 노새다."

"저는 노새의 볼기짝입니다."

"나는 노새의 똥이다."

"저는 그 변 속의 벌레입니다."

"너는 그 변 속에서 뭘 하느냐?"

"여름에 휴가를 즐깁니다."

"그럼 네가 이긴 걸로 하자."

조주는 얼른 떡을 먹었다.

분별심을 벗어나면 어디서나 청정한 진리를 발견할 수 있을 것이다.

보리수 아래에서의 깨달음

— 치우치지 않은 중도의 진리

붓다의 본명은 고타마 싯다르타이다. 오늘날 네팔 남부 히말라야 산 기슭의 중인도 카필라 성에서 태어났다. 아버지는 슈도다나 왕이고 어머니는 마야 부인이었다.

석가모니가 태어났을 때 아시타라는 선인이 찾아와서 왕자의 관상을 보고, 왕위를 이으면 세상을 통일하는 전륜성왕이 될 것이며 출가하면 깨달은 자를 뜻하는 붓다가 될 것이라고 했다.

일곱 살에 어머니를 여의고 스물아홉 살에 성밖으로 우연히 나갔다가 백성들의 참상을 접하고 생로병사를 고민하다 출가를 하게 된다. 갠지스 강을 건너 남쪽으로 내려가 라자그리하(왕사성) 변두리에 있던 부다가야에서 수행을 했다. 우루빌바라고 하는 마을의 보리수 아래에서 최후의 구도를 하고, 마침내 큰 깨달음을 얻어 나이 서른다섯에 붓다가 되었다.

약 2천500년 전에 깨달음을 얻은 붓다의 지혜는 당대의 생활상이나 말투가 생생하게 담긴 최초의 경전인 『숫타니파타』를 비롯하여 『아함경』, 『화엄경』 등 여러 경전으로 후세인들에 의해 정리되어 21세기인 오늘날에 이르기까지 많은 사람들에게 큰 울림을 주고 있다.

붓다는 출가 초기에는 당시의 풍습에 따라 고행(苦行)에 진력하였으나, 6년간의 고행으로도 깨달음을 얻지 못하자 고행을 중단하고 보리수 아래에서 사유를 통해 정진하여 결국 정각(正覺, 바른 깨달음)을 얻었다. 그래서 붓다의 수행은 철저하게 중도(中道)를 지향한다. 극단적인 고행도 경계하고, 게으름을 피우며 방만한 생활에 빠지는 것도 경계한다.

훗날 불교의 철학을 이론적으로 정리하여 붓다의 재림이라고 평가받았던 나가르주나(중국에서는 용수龍樹라고 한다)의 사상을 중관(中觀)사상이라고 한다. 실체가 있다는 것도 부정하고 극단적인 공사상도 부정하는 중관사상은 붓다의 중도적인 수행방법과도 통한다고 할 수 있다.

붓다의 깨달음이 흔히 극단적인 허무나 공만을 주장하는 것이 아니라 실재와 공, 생활과 수행의 중도를 지향하고 있다는 것을 많은 사람들이 모르고 있다. 바른 진리를 찾으려는 이는 마땅히 분별심에서 벗어나 어느 한쪽에도 치우치지 않는 중도의 진리를 구해야 한다.

은그릇을 찾아서

— 머무르는 마음

옛날 어떤 상인이 배를 타고 사자국(獅子國, 스리랑카의 옛 이름)의 바다를 건너다 은그릇 하나를 물에 빠뜨렸다.

그 사람은 이렇게 생각했다.

'지금은 갈 길이 바쁘니 물에 금을 그어 표시를 해뒀다가 다음에 다시 찾으러 오자.'

그리하여 두 달 후 다시 은그릇을 찾아 사자국으로 온 그 사람은 눈앞에 흐르는 바닷물을 보고는 물속으로 뛰어들려고 했다. 이를 본 다른 뱃사람이 물었다.

"어째서 물에 뛰어들려고 합니까?"

"전에 여기서 은그릇을 잃어버려서 다시 찾으려고 합니다."

"언제 잃어버렸소?"

"두 달 전에 잃어버렸습니다."

"두 달이 지났으면 이미 떠내려가고 없을 텐데 찾을 수 있겠습니까?"

"내가 은그릇을 잃어버렸을 때 물 위에 금을 그어두었습니다."

"물은 흘러가는 것이니 물 위의 금이 아직 남아 있을 리 없습니다."

하지만 그 상인은 반드시 되찾겠노라고 고집을 꺾지 않았다.

뱃사람들은 자기네끼리 수군거렸다.

"그것은 저쪽에서 잃어버린 것을 이쪽에서 찾는 것과 같다."

이 이야기에서 말하고자 하는 것은 생각이 머무르는 것의 어리석음이다. 물은 흐르고 표식은 사라진다. 이와 같이 세월은 흐르고 모두가 흘러간다. 무엇인가에 연연하고 집착하는 것은 물에 그어놓은 금을 찾는 것처럼 덧없고 부질없는 짓이다.

우리가 집착하며 답을 찾으려고 하는 장소는 이미 여기에는 없고 오래전에 떠내려가버린 것들이다. 아무리 금을 그어놓았어도 그것은 물결 따라 사라지고 말았다. 떠내려간 지난 일들에서 답을 찾으려고 하지 말라. 그것은 흘러가는 대로 내버려두고 지금 내 마음에서 답을 찾아야 한다.

중국의 고사에 이와 흡사한 것이 있다. 『여씨춘추』「찰금」편에 나오는 이야기로, 초나라 사람이 배를 타고 가다가 강물에 칼을 빠뜨렸는데 뱃전에다 표시를 해두고는 뭍에 도착한 다음 뱃전에 표시해둔 데에서 칼을 찾으려 했다는 이야기다.

각주구검(刻舟求劍)이라는 사자성어가 탄생한 배경이다. 배에 새긴 칼을 찾는다는 것으로, 융통성이 없고 변화를 모르는 어리석음을 말할 때 쓴다.

대승기신론에서는 번뇌의 마음, 세속적인 마음을 생멸문(生滅門, 태어나서 죽을 때까지 번뇌가 드나드는 마음의 문)이라고 하고, 깨달음의 마음을 진여문(眞如門, 언제나 변함없는 진리가 드나드는 마음의 문)이라고 한다.

생멸문은 마음이 탄생하고 소멸하는 과정을 생주이멸(生住異滅)의 네 단계로 구분하여 설명한다. 생주이멸이란 곧 마음이 태어나고 머무르고 분별하고 소멸하는 것이다.

마음은 생겨나고, 자신에게 머무르고, 자신을 바탕으로 분별하고, 다시 소멸하기까지 하나의 사이클로 움직인다. 이것이 생멸문이라는 파도가 치는 네 가지 모습이다. 생주이멸 중 맨 앞과 맨 뒤의 생과 멸은 쉽게 이해할 수 있다. 깨달음을 얻은 자는 번뇌의 마음이 생멸하는 것에 휘둘리지 않고, 깨달음이 없는 자는 번뇌의 마음이 생멸하는 것에 휘둘린다. 결론적으로 생멸문의 생의 과정과 멸의 과정은 망념이라고 할 수 있는 마음이 생겨나고 사라지는 것이다.

생멸문에서 주목해야 할 것은 머무르고 분별하는 주(住, 머무를)와 이(異, 다를, 분별할)다. 생각이 머물러 있으면 깨달음을 얻을 수 없다. 생각이 나서 최초로 머무르는 것이 자기 자신이라고 한다. 그것을 바탕으로 모든 머무르는 생각이 발생하는 것이다. 생각이 머무르고 난 다음에 생기는 마음이 생주이멸 중의 이에 해당하는 분별함이다. 분별하는 마음이 있으면 깨달음도 얻을 수 없다. 이렇게 머무르고 분별하는 마음이 번뇌의 씨앗이 된다는 것을 알아야 한다.

옛날 중국에 탄산(坦山)이라는 스님이 한 젊은 스님과 길을 가다 소나기를 만났다. 한참을 가니 개울이 나왔는데, 비는 그쳤지만 개울물이 불어나 있었다. 개울물 앞에서 어떤 아름다운 여인이 주저하면서 건너지 못하고 있는 것이 보였다. 탄산 스님이 그 모습을 보고 팔을 걷어붙이며 제가 업어서 건네드리겠다고 했다.

여인은 잠시 망설이다가 탄산 스님의 등에 업혀서 개울을 건넜다. 그러고는 감사를 표하고 떠났다. 뒤따라 개울을 건넌 젊은 스님은 얼굴을 붉히며 아무 말을 하지 못했다.

날이 저물어 어느 절에 함께 묵게 되었다. 젊은 스님이 뒤척이다가 탄산 스님에게 말했다.

"출가한 승려는 여자를 가까이하면 안 되는 것이 법도입니다. 어쩌자고 스님은 젊은 여자를 등에 업고 강을 건넜습니까?"

"뭐? 여자?"

"예. 아까 강을 건네준 여자 말입니다."

"나는 그분을 진즉에 내려놓았는데 자네는 아직도 업고 있는가?"

어디에도 머무르지 않는다는 것은 탄산 스님과 같은 마음이다. 만사를 마음을 비운 채로 자연스럽게 행하고 과거, 현재, 미래 어디에도 마음이 머무르지 않는 사람만이 걸림 없는 삶을 살수 있는 것이다.

빼앗을 수 없는 옷과 그릇

— 선악을 떠난 마음

선종의 5대 조사 홍인의 의발(衣鉢)을 받은 것은 혜능이었다. 의발은 가사라는 옷과 바리때라는 탁발 그릇으로, 혜능을 자신의 법을 이어받은 6대 조사로 인정한다는 징표였다. 혜능은 남방에서 온 사람으로, 홍인 문하의 제자들은 이 사실을 인정할 수가 없었다. 혜능은 황매산을 내려와 도망을 쳤는데, 그가 받은 의발을 빼앗기 위해 홍인의 문하에 있던 혜명이라는 사문이 칼을 들고 혜능을 쫓아왔다.

혜명의 지독한 추적에 결국 혜능은 도망치던 걸음을 멈췄다. 그리고 의발을 바위 위에 올려놓고 말했다.

"법은 마음으로 전하는 것이니 어찌 힘으로 뺏을 수 있겠는가? 마음대로 하라."

혜명은 바위 위에 있는 혜능의 의발을 가져가려 했으나 바위에 달라붙은 것처럼 떨어지지가 않았다. 혜명은 순간 무엇인가를 알아차린 듯 말했다.

"제가 사문을 쫓아온 것은 이 의발 때문이 아니라 불법을 전수받기 위해서입니다. 부디 저를 위해서 한말씀 내려주십시오."

"선도 아니고 악도 아닐 때, 너의 본성은 무엇이냐? 어서 대답하라!"

혜명은 이 한마디에 크게 깨달은 바가 있어서 눈물을 흘리며 물었다.

"스승이시여. 이 외에도 다른 비밀스러운 말씀과 뜻이 있습니까?"

"나는 그런 것을 말한 바도 없거니와 너 자신을 돌이켜보면 주위에서 얼마든지 찾을 수 있을 것이다."

이렇듯 불교의 선악을 떠난 깨달음은 노자가 말한 무위(無爲, 자연의 이치 그대로 인위적인 것을 가하지 않음)의 진리와 통하는 바가 있다.

옛날 중국의 조씨 부인에게 어여쁜 딸이 하나 있었다. 금이야 옥이야 키운 딸이 시집을 가게 되었을 때 조씨 부인은 딸에게 한 가지 충고를 했다.

"시집을 가면 그곳에서 일부러 좋은 일을 하려고 하지 말거라."

딸이 의아해하며 물었다.

"그럼 나쁜 일을 하라는 말씀인가요?"

"좋은 일을 못하는데 나쁜 일은 어떻게 하겠느냐?"

이것은 무위의 이치를 말한다. 부자연스럽게 억지로 하는 것은 설령 그것이 좋은 일이라 할지라도 좋은 결과를 낳지 못함을 경계한 것이다. 좋은 일과 나쁜 일을 구분해서 무리하게 뭔가를 하려다 보면 늘 어려움과 근심걱정에 빠지게 된다는 것을 사람들은 잘 알지 못한다. 선악을 떠난 자연스러운 중도의 진리를 찾아야 한다.

나의 보물
— 깨달음과 깨닫지 못함

혜해라는 수행자가 중국 선종의 8대 조사인 마조선사를 찾아
갔다.

"너는 어디서 왔느냐?"

"저는 월주 대운사에서 왔습니다."

"여기는 뭐하러 왔느냐?"

"불법을 구하려고 왔습니다."

"여기는 아무것도 없다. 너 자신이 이미 보물을 갖고 있는데
그것은 돌보지 않고 집을 버리고 돌아다니면서 어찌 나한테서
구하려고 하느냐?"

혜해는 큰절을 한 다음 물었다.

"제가 가진 보물이 무엇입니까?"

"지금 나에게 묻는 그것이다. 일체가 원만하게 갖춰져 있고 부족함이 없으며 자유자재한데, 밖에서 무엇을 구한다는 말이냐? 그러니 내가 어찌 그것을 줄 수 있겠느냐?"

마음공부의 최종 목적지는 깨달음이다. 걸림 없는 삶을 사는 자유인이 되기 위하여, 번뇌로 가득한 이 언덕을 지나 마음공부의 정착지라고 할 수 있는 저 언덕인 깨달음에 대해서 생각해 보자.

이 이야기는 옛 중국의 고승 마조선사의 일화를 각색한 것이다. 마조선사는 평상심이 도라고 하였다. 자신에게 있는 보물을 버리고 집밖으로 나와서 보물을 찾는 것을 다른 비유로 표현하자면 말 등에 올라타고서 말을 찾는 격이라고 한다.

경전에서는 깨달음과 깨닫지 못함, 각(覺)과 불각(不覺)을 질그릇에 비유한다. 둘이 같은 점은 질그릇이 모두 흙으로 만들어졌듯이 완벽한 진리의 성품을 가진 실상과 무명의 업식이라는 허상이 모두 진여로 만들어졌다는 것이다. 다른 점은 질그릇의 모양이 모두 다른 것처럼 청정한 무루의 공덕과 오염된 무명의 허상이 다르다는 것이다.

깨달음과 깨닫지 못함은 이처럼 하나의 재료에서 나온 두 가지 형태의 그릇이다.

이 각과 불각에 대해 대승불교 경전인 『대승기신론』에서는 이렇게 말한다.

"일심에 두 개의 문(二門)이 있으니 진여문과 생멸문이며, 두 가지 도리(二義)가 있으니 하나는 각의(覺義)요, 또하나는 불각의(不覺義)다."

대승기신론에서는 이렇게 깨달음을 각의, 깨닫지 못함을 불각의라고 하였다. 그러니까 불각은 참된 진리의 법이 하나인 줄 모르는 것으로, 불각이 일어나서 망령된 생각이 된다. 하지만 망념(妄念)에는 스스로가 독립하여 가진 실상이 없어서 본래의 깨달음인 본각(本覺)으로부터 결코 떠나지 않는다.

길을 잃은 자는 자신이 그리는 방향에 의지하는 법이다. 따라서 미혹되어 길을 잃은 사람일지라도 자신이 의지하는 방향으로부터 벗어난다면 그 즉시 길을 잃을 일도 없게 된다.

중생도 이와 같으니, 깨달음에 의지함으로써 미혹이 지속된다. 따라서 만약 깨달음에 대한 집착에서 벗어난다면 그 즉시 불각이라는 것도 없어질 것이다.

깨달음에 대한 집착에서 불각이라는 망상의 마음이 생겼으니, 굳이 이름과 뜻을 만들어 진정한 깨달음이 있다고 하는 것이다. 깨닫지 못함으로부터 떠난다면 진정한 깨달음이라는 것도 없을 것이다. 이것은 깨달음과 깨닫지 못함도 같은 뿌리에서 나온 것이니 깨달음에 연연하는 것도 하나의 허상에 집착하는 것일 수 있다는 말이다.

이 말은 이해하기 어렵다. 하지만 쉽게 정리하자면 이런 것이다. 여기에서 언급하는 깨달음은 그것조차 무엇인가 욕망하는 모든 대상 중의 하나로 전락할 수 있다는 것이다. 어릴 적에 읽었던 소년 치르치르와 소녀 미치르가 나오는 파랑새 이야기를 떠올려보자. 두 아이는 파랑새를 찾아 곳곳을 헤맸지만 결국 자기집으로 돌아와 뒤뜰에서 파랑새를 발견하게 된다.

어떠한 방향에도 길에도 의지하지 않는다면 미혹되는 일이 없을 것이라는 말은 무척 심오하지만 곰곰이 생각해보면 얻는 바가 있을 것이다. 깨달음마저 욕망의 대상으로 전락하는 것은 위험하다는 것을 알아야 한다. 깨달음은 무엇인가 새로운 것을 얻는 것이 아니라 욕망하는 마음을 쉬게 하면 자연스럽게 드러나는 것이기 때문이다.

용왕의 선물
— 깨달음의 두 가지 모습

송나라 때의 고승에 관한 이야기를 엮은 『송고승전』에는 원효
가 『금강삼매경론』을 짓게 된 설화가 실려 있다.

신라 시대의 어느 왕후가 악성종양을 앓게 되었는데 백약이
모두 효험이 없었다. 왕자와 신하들이 영험한 사당에서 빌어도
소용이 없었다. 어떤 무당은 타국으로 사람을 보내 약을 구해
와야 한다고 말했다. 이에 왕은 사신을 시켜 당나라로 가서 약
을 구해오게 했다.

파도가 높은 바다 한가운데에 이르렀을 때 한 노인이 나타나
바닷속으로 안내를 했다. 바닷속에는 웅장한 궁궐이 있었고,
그곳에서 사신은 금해라는 용왕을 만나게 된다. 용왕이 사신에
게 말했다.

"너희 나라 부인은 본래 청제(靑帝, 동방을 지키는 황제)의 셋째 딸이었다. 우리 궁전에는 『금강삼매경』이 있는데, 여기에서 말하는 두 가지의 깨달음이 분별없이 어디에나 통하는 진리인 보살행(대승불교의 지침이 되는 수행자의 길)을 잘 알려준다. 지금 부인의 병을 오히려 좋은 인연으로 삼아 이 경을 유포하고자 한다. 다만 이 경이 바다를 건너는 동안 마구니(망령된 귀신)의 방해를 받을까 두렵다."

그러면서 용왕은 사신의 장딴지를 찢어 경을 봉하고 약을 바르니, 붙여진 살이 전과 다름이 없었다.

"대안성사로 하여금 이 경을 엮도록 하고 원효법사에게 소(疏, 경전 논서를 풀이한 글)를 지어 강의하기를 청하면 왕후의 병이 반드시 나을 것이다. 가령 설산의 아가타 약(불사의 약)도 이만큼 효험이 있지는 않을 것이다."

사신이 용왕의 전송을 받고 귀국하여 왕에게 보고하였더니, 왕은 기뻐하며 대안성사를 찾았다.

대안은 불가사의한 사람으로, 독특한 복장을 하고 항상 시장 바닥에서 동으로 된 바리때(탁발하는 그릇)를 두드리며 "대안(大安, 크게 편안하시오), 대안!"이라고 외치고 다녀 대안이라는 호가 붙었다. 왕의 명을 받고도 입궐하지 않았고, 경전을 가져오라 하여 8품으로 정리했다. 그런 다음 원효법사에게 빨리 전해주고 강설하게 하라고 했다.

원효는 고향인 상주에서 이 경전을 받고 사신에게 말했다.

"이 경은 이각(二覺, 두 가지의 깨달음)으로 종(宗)을 삼을 것이오. 내가 소(疏)를 지을 수 있도록 수레를 준비하고 두 뿔 사이에 책상을 두고 필연(筆硯, 붓과 벼루)을 준비해주시오."

원효는 소가 끄는 수레에서 다섯 권의 주석서를 완성했고, 왕의 청에 따라 황룡사에서 강설하기로 되어 있었는데 무도한 무리들이 그 책을 보물이라 하여 훔쳐간 탓에 다시 세 권의 주석서를 지었다고 한다.

각의(覺義)라는 깨달음은 망념을 떠나 허공계처럼 치우침이 없고, 모든 법계가 하나의 모습이다. 이것이 여래의 평등한 법신이니, 이 법신은 본각 즉 본래의 깨달음에 의지하고 있다. 각의에는 본각(本覺)과 시각(始覺)이 있다. 본각은 본래의 깨달음이고, 시각은 수행하여 얻게 되는 깨달음이다.

이 이야기에서 근본적인 틀로 삼겠다는 이각은 시각과 본각을 말한다. 소의 두 뿔(二角) 사이에 책상을 두고 이각을 기틀로 삼아 글을 짓겠다는 말이 재미있다. 수행하여 도달하는 깨달음인 시각은 본각과 같은 것이다. 시각은 결국 본각에 의지하여 발생하기 때문이다.

선불교의 6조 혜능이 홍인선사로부터 의발을 전수받은 경위는 이런 것이었다.

5조 홍인은 자신에게 전수받을 불법에 대한 게송을 가장 잘 지은 자에게 의발을 전수하겠다고 했다. 700명의 제자 중 가장 높은 상좌인 신수가 게송 하나를 지어 벽에 붙였다.

몸은 깨달음의 나무요
마음은 밝은 거울이다
때때로 부지런히 청소하고 닦아서
티끌과 먼지로 더럽혀지지 않도록 하라

방앗간에서 일하던 혜능이 그 시를 읽고 다음과 같은 시를 반대편 담벼락에 적고 홍인에게 인가를 받았다.

깨달음은 본래 나무가 없고
밝게 비추는 것 역시 거울이 아니다
본래 한 물건도 없으니
티끌과 먼지는 어디에 있느냐?

번뇌는 허상일 뿐이요, 우리는 모두 본래 붓다의 마음, 깨달음을 갖고 있는 존재라는 것이다. 그러한 자각을 바탕으로 수행을 해야 바른 깨달음에 도달할 수 있다. 깨달음은 없는 것을 만들어 내는 것이 아니라 있는 것을 밝히는 것이기 때문이다.

돌아온 아들

— 깨달음은 본래 어디 있었는가?

무주보살이 말했다.

"청정한 깨달음에는 들어가는 곳이 있고, 그곳에서 얻는 바가 있다면 이것은 법을 얻은 것입니다."

붓다가 여기에 대하여 답했다.

"그렇지 않다. 왜 그런가? 비유하자면, 어리석은 아들이 손에 금전을 갖고 있었지만 그것을 몰랐다. 그는 온 세상을 떠돌며 수십 년을 보냈다. 가난하고 궁핍했으며, 곤란한 일이 많았고 고통스러웠다. 직업을 구하여 그 몸을 보양하려 했으나 그마저도 충분하지 않았다.

후에 아버지가 이 사실을 알고 아들에게 말했다.

'너는 금전을 갖고 있는데, 어째서 사용하지 않느냐? 네 뜻대

로 마음껏 쓴다면 모든 것이 만족스러울 것이다.'

그러자 아들이 깨달음을 얻고, 금전을 얻었구나 하며 크게 즐거워했다.

그 모습을 본 아버지가 혀를 차며 말했다.

'미혹에 빠졌던 아들아, 너는 기뻐하지 말아라. 네가 지금 얻었다고 하는 금전은 본래 너의 물건이었다. 새롭게 얻은 것이 아니니 기뻐할 것이 무엇이냐?'"

『금강삼매경론』에 나오는 이야기다. 무주보살은 청정한 깨달음에 들어가는 길이 따로 있고, 그것을 통해서 진리를 얻을 수 있다고 말한다. 하지만 붓다는 그렇지 않다고 말했다. 따로 길을 찾지 않아도 본래 청정한 깨달음은 항상 자신과 함께 있었기 때문이다.

원효는 이 이야기가 전하고자 하는 바를 네 가지로 정리했다.

첫째, 어리석은 아들은 금전이 있음을 몰랐으니, 자기가 본래의 깨달음을 가지고 있음을 모른 것이다. 둘째, 아들에게 금전이 있음을 알려주었으니, 붓다가 중생에게 불성이 있음을 알려준 것이다. 셋째, 아들은 금전이 있음을 기뻐했으니, 깨달음을 얻은 것이다. 넷째, 깨달음을 얻었으나 얻음이 없는 것은, 본래 나의 것이었으니 본각을 이야기한 것이다.

끝으로, 붓다가 아들에 비유한 것은 미혹에 빠진 중생을 외아들처럼 안타깝게 여기는 자비심 때문이었다고 한다. 어쨌든 이

비유는 본각과 시각이 둘이 아니라는 것을 쉽게 이해할 수 있도록 해준다. 이것을 시본불이(始本不二, 시각과 본각은 둘이 아니다)라고 한다.

비록 시각이 본각과 같은 것이라고 하지만 우리는 이 두 가지를 모두 소중하게 여겨야 한다. 이미 미혹에 빠져 있는 우리는 본각이 있다고 해서 시각을 무시하고 방만해져서도 안 될 것이고, 시각에만 빠져서 본각을 놓치는 어리석음을 범해서도 안 될 것이다.

깨달음마저 욕망의 대상으로 전락하는 것은

위험하다는 것을 알아야 한다.

깨달음은 무엇인가 새로운 것을 얻는 것이 아니라

욕망하는 마음을 쉬게 하면 자연스럽게 드러나는 것이기 때문이다.

순금으로 변한 족제비

— 정성스러운 마음으로 얻다

옛날 어떤 사람이 길을 가다 황금색 털을 가진 족제비 한 마리를 얻었다. 그는 그 족제비의 아름다움에 반해 족제비를 가슴에 품었다. 그러다 강을 건너려고 잠시 옷을 벗어두었는데 금족제비는 이내 독사로 변했다. 남자는 그것을 보고 생각했다.

'차라리 독사에게 물려 죽더라도 품에 안고 가리라.'

그의 지극한 마음에 감동한 족제비는 순금으로 변했다.

옆에서 이것을 지켜보던 사람이 독사가 순금으로 변하는 것을 보고 자신도 독사를 품고 있다가 물려서 크게 앓았다.

여기서 황금색 족제비를 만나는 것은 불법의 진리, 반야의 지혜를 처음 만나는 것을 말한다. 독사로 변하는 것은 불법을 통해 깨달음을 얻는 과정에서 여러 감언이설에 유혹당하는 것을 말한다. 그래도 계속 품고 가는 것은 난관이 있지만 초심을 잃지 않고 계속 밀어붙이는 것이다. 독사가 순금이 되는 것은 그렇게 끝까지 수행하는 과정에서 결국 자신의 마음이 전환되어 붓다와 같은 깨달음을 얻는 것이다.

독사가 순금으로 변하는 것만 보고 일부러 물리는 것은 근본적인 지혜에 대한 믿음이나 정성스러운 마음이 없이 겉으로 드러난 이익만 보고 움직이는 마음이다. 진실한 마음이 없이 단지 세속적인 이익만 바라는 마음만으로는 제대로 된 마음공부를 할 수가 없다. 마음공부의 애초 목표가 세속적인 이익이 아니라 마음의 대자유를 얻는 길이었기 때문이다.

마음공부가 정성스러운 마음을 만나 오랫동안 품어졌을 때 전식성지(轉識成智)라는 마음의 전환이 일어나 반야의 대지혜로 전환된다.

불교에서는 깨달음의 단계를 넷으로 나눠서 이야기한다. 그 네 가지는 범부각(凡夫覺), 상사각(相似覺), 수분각(隨分覺), 구경각(究竟覺)이다.

첫째, 범부각은 인과에 의지하는 것이니 내가 전에 했던 잘못을 바탕삼아 장차 잘못을 저지르지 않으려고 하는 것이다. 작은 깨달음은 있지만 완전한 깨달음은 아니다. 여기서는 멸상(滅相)을 깨닫는다. 신구의업(身口意業), 즉 몸과 말과 마음이 일으키는 나쁜 업을 멸하게 되는 것이다.

둘째, 상사각은 다름(異相)에 의지하는 것이다. 다름으로 인해 생긴 분별과 집착하는 마음을 버리는 것으로, 완전한 깨달음인 구경각과 유사하기에 상사각이라고 한다.

여기에서는 의식의 근본번뇌가 사라진다. 근본번뇌는 앞에서도 언급했듯이 탐진치만의악견이다.

셋째, 수분각은 머무름(住相)에 의지하여 깨닫는 것이다. 즉, 생각에 머무름이 없어지는 것이다. 이렇게 되면 분별하는 거친 생각으로부터 영영 이별하게 되니, 본각을 따라가 근접하게 되므로 수분각이라고 한다. 여기에서는 말나식의 아치, 아견, 아애, 아만이 사라진다.

넷째, 구경각은 보살의 수행을 끝까지 이룬 사람이 두루 모든 방편을 갖춰서 일념에 상응함으로써 각의에 도달하는 것이다. 처음 마음이 생겨난 자리가 없으니 미세한 망념마저도 떠나게 된다. 자성을 얻게 되어 언제나 그 자리에 머무르니 이름하여 구경각이라고 한다. 구경각에서는 생상(生相, 마음의 형상이 태어남)을 깨닫고 소멸시키게 된다. 무명이 최초에 생겨나는 망념인 생상이 사라지니 비로소 시각이 본각에 상응하게 된다. 최초의 망념이 사라짐으로써 시각과 본각이 하나가 되는 것이다.

구경각에 이르면 유식론에서 말하는 전식성지를 이루게 된다. 줄여서 전의(轉依)라고도 하는데, 전의는 굴러서 바뀐다는 것이다. 마음의 네 가지 본질, 즉 오감(오식), 의식(육식), 말나식(칠식), 아뢰야식(팔식)이 바뀌는 것이다. 완전히 다른 차원으로 바뀌는 이 네 가지를 간단히 정리하면 이렇다.

먼저 아뢰야식은 변하여 크고 맑고 분명한, 두루 원만한 거울 같은 지혜가 된다. 대원경지(大圓鏡智)가 되는 것이다.

말나식은 변하여 평등성지(平等性智)가 된다. 자아에 머물러 집착하는 네 가지 번뇌(아치, 아견, 아애, 아만)가 사라져, 나와 남과 만물이 모두 평등함을 깨달아 자비심을 일으키는 것이다.

의식은 묘관찰지(妙觀察智)가 된다. 의식이 변화무쌍한 삼라만상의 모든 법을 있는 그대로 관찰할 수 있는 지혜가 되어 바른 가르침을 전하고, 중생의 의혹을 소멸시킨다.

오감은 성소작지(成所作智)가 된다. 모든 지혜를 만들고 이루는 성스러운 장소가 되는 것이다. 이 모두가 정성스러운 마음으로 끝까지 수행의 길을 걸었을 때 이루어지는 것이다.

거북이를 잡은 아이

— 수행를 하는 이유

옛날 어떤 굶주린 아이가 뭍에서 놀다가 큰 거북이 한 마리를 얻었다. 며칠을 제대로 먹지 못한 아이는 그 거북이를 죽여서 조리해 고기를 먹고 싶었다. 그런데 거북이를 어떻게 죽여야 할지 몰랐다. 지나가는 노인에게 물었다.

"어떻게 이 거북이를 죽여서 조리할 수 있을까요?"

"물속에 던져두어라. 그러면 곧 죽을 것이다."

아는 것, 이해하는 것만으로는 부족하다. 여기에서 지나가는 노인은 잘못된 가르침을 전하는 외도(外道)를 의미한다. 『백유경』의 저자인 상가세나는 이 외도를 심지어 악마와 같은 것이라고 이야기한다. 외도는 쾌락이 그 자체로 깨달음이라는 식으로 말한다. 그러면 그 이야기를 들은 대중에게는 그것이 달콤한 유혹이 되는 것이다.

외도는 쾌락이나 감각의 즐거움을 도라고 이야기하면서 우리를 잘못된 길로 인도한다. 우리가 언제 어느 곳에서나 마음의 안정과 자유를 얻기까지는 일정한 노력이 필요하다. '수처작주 입처개진'에 이르기까지 기울여야 할 노력은 무시한 채 그 결과만을 취하려고 하면 우물에서 숭늉 찾는 격으로 어리석음을 반복하게 된다.

이 이야기에서처럼 당장 우리 마음이 그저 방일한 대로 내버려두고, 쾌락에 우리 자신을 내버려두는 것은 저 어린아이가 거북이를 잡아서 조리하기도 전에 물속에 던져버리는 것과 같다. 그렇게 되면 우리 마음은 통제할 수 없는 지경이 되고, 우리의 영혼은 굶주리는 고통을 겪는 것이다.

선불교의 이름난 조사 중에 경허라는 스님이 있었다. 경허 스님은 깨달음을 얻은 후 온갖 이적을 행하고 걸림 없는 생활을 한 것으로 유명하다. 술을 동이째 마시고 선문답을 하며, 온몸에서 송장 썩는 악취를 풍기는 광녀와 함께 밥을 먹고 잠을 자기도 했다.

게으른 선사들은 경허 스님의 무애행(無礙行, 막히거나 거리낌이 없는 자유로운 삶)에 대해 함부로 이야기한다. 스님의 신분으로 고기를 먹고 온갖 무절제한 생활을 하면서 자신은 경허 스님의 무애를 본받고 있다고 한다. 경허 스님이 그 경지에 이르기까지 갈고닦았던 노력에 대해서는 외면한다.

걸림 없는 대자유인의 경지에 이르기 위해서는 반드시 우리의
마음을 잘 공부하고 닦는 시간을 거쳐야 한다.

오직 마음을 닦는 길
— 수행의 방법

서기 845년에 중국 불교는 큰 환란을 맞았다. 당나라 무종이 등극하면서 억불(抑佛) 정책을 편 것이다.

그는 이런 방을 붙였다.

"남자 한 사람이 밭을 갈지 않으면 한 사람이 아사하고,
여자 한 사람이 베를 짜지 않으면 한 사람이 동사한다.
그런데 중들은 밭일도 하지 않고 베도 짜지 않는데
부유하고 절을 치장하는 것이 궁궐에 뒤지지 않는다.
예전의 여섯 왕조가 망한 것이 모두 그 때문이다."

그후 4만 4천600개의 절이 불살라지고, 26만 500명의 승려들이 환속을 당했으며, 그들에게 딸린 1만 5천 명의 노복들이 나라에 귀속되었다.

이런 환란의 시기에 오로지 마음 닦는 것을 위주로 하는 선종은 살아남았다. 선종을 닦는 수행자들은 경전이나 불상을 섬기는 일에 의존하지 않았다. 또한 그들은 자급자족하여, 누군가에게 의지하지 않았다.

이렇게 일상의 노동을 하면서 수행하는 길을 개척한 것은 백장(百丈)이라는 스님이었다.

백장은 강서(江西)에서 선종의 8대 조사 마조대사의 뒤를 이은 스님이다. 어릴 적에 어머니를 따라 절에 가서 불상을 보고 이렇게 말했다고 한다.

"저게 무엇입니까?"

"부처님이다."

"저랑 비슷하게 생겼군요. 저도 이다음에 부처가 되겠습니다."

그는 실제로 사문이 되었고, 열심히 수행해서 선종의 조사가 되었다.

그는 절개가 있고, 품격이 높은 삶을 살았다.

일상에서 늘 노동을 했고, 대중보다 더 열심히 일을 했다. 나이가 들어 아흔넷의 고령인데도 제자들과 함께 일을 했다. 하루는 절의 일을 맡아 보는 사람이 백장선사가 쉬기를 바라는 마음에서 농기구를 숨겨버렸다. 그러자 백장은 내가 덕이 없어 다른 사람들과 함께 일을 할 수가 없구나 하고 한탄했다. 농기구를 내놓지 않자 백장은 단식을 하였고, 결국 작업 도구를 돌려받고 일을 하면서부터 다시 밥을 먹기 시작했다.

백장으로 인해서 쇄신된 선불교 일파를 혹자는 홍주종(洪州宗)이라고도 한다. 그는 수행을 삶과 일체화시켰다. "하루 일하지 않으면 하루 먹지 않는다"는 유명한 말도 남겼다. 백장의 삶과 지침은 현대의 수행자들에게도 많은 것을 시사한다. 경전이나 상징물, 기복 신앙에만 의존하지 않고, 삶과 수행을 일체화시켜서 오직 마음을 닦는 데만 집중하는 것, 그것이 마음을 닦는 수행자가 나아가야 할 올바른 방향이다.

아난존자가 고승에게 묻는다.

"수행자가 한적한 삼림이나 고요한 방에서 사유를 하려면 어떻게 해야 합니까?"

"아난존자여, 마땅히 사마타와 위파사나 두 가지 방법으로 사유해야 합니다."

"사마타를 거듭 수행하면 무엇이 이뤄지고, 위파사나를 거듭 수행하면 무엇이 이뤄집니까?"

"사마타를 거듭 수행하면 위파사나가 이뤄지고 위파사나를 거듭 수행하면 사마타가 이뤄집니다. 위대한 구도자는 둘을 함께 수행하여 해탈의 경지에 이릅니다."

『잡아함경』에 나오는 이야기다. 불교철학에서 말하는 가장 대표적인 수행법이 바로 이 사마타와 위파사나 수행이다. 사마타는 멈춤의 수행, 즉 지(止)의 수행이며, 위파사나는 관찰하는 수행, 즉 관(觀)의 수행이다. 그래서 지관수행이라고도 한다. 사마타는 삼매라고도 하는데, 생각을 비우고 호흡 등 무엇인가 하나에만 집중하여 마음이 청정해지는 명상 상태에 이르는 것이다. 위파사나는 자신을 둘러싼 환경과 모든 마음의 변화를 한발 물러서서 바라보는 수행이다.

고래로 천태종을 중심으로 많은 경전에서 무명에서 벗어나려면, 즉 탐욕을 끊고 지혜를 얻으려면 이 지관수행을 해야 한다고 말해왔다. 삼매라는 명상수행을 하고, 그 삼매의 명상 상태를 일상생활에서도 유지하면서 늘 깨어 있는 상태로 삶과 마음을 관찰하는 것이 위파사나 수행이니, 삼매와 위파사나는 둘이 아니다.

앉아서 특별히 시간을 내어 참선을 하면 삼매 수행이고, 일상생활 속에서 삼매를 실천하면 위파사나 수행인 것이다. 중요한 것은 알아차림이다. 범어로 사티(sati)라고 하는 각성 상태와 집중력을 유지하는 것이다. 이 각성 상태란, 편견에서 벗어나 자신이 무엇을 하고 있는지 객관적으로 바라볼 수 있는 깨어 있는 상태를 말한다.

위파사나는 매 순간의 생활에서 자신의 삶을 한발 물러서서 관하는, 즉 관찰하는 수행이다. 삶에 매몰되지 않고, 자기 삶의 모든 흐름을 지켜보며 각성 상태를 유지하는 것이다. 여기서 관찰은 삶의 대상들을 관찰하는 동시에 그 주체인 자신을 관찰하는 것이다. 자신의 느낌, 감각, 마음의 변화 등을 관찰하는 것이다. 이것은 집중과 자각을 필요로 하며 최대한 꾸준히 해야 한다.

불법에서는 이 지와 관을 지속적으로 닦으면 번뇌에서 벗어나 자유로운 마음을 얻게 된다고 한다. 따라서 궁극적으로 무명을 끊기 위한 실천적인 행동으로는 사마타와 위파사나를 함께 수행해야 한다.

집을 잘 짓는 방법

— 일상과 수행 사이

옛날 어떤 사람이 이웃에서 담벼락을 근사하게 꾸미는 것을 보고 부러워하며 물었다.

"도대체 진흙에 무엇을 섞어 바르기에 그처럼 담벼락이 희고 보기 좋습니까?"

집주인은 별것 아니라는 듯이 대답했다.

"쌀과 보리를 물에 푹 담가두었다가 꺼낸 다음 진흙을 섞어 바르면 벽이 이렇게 됩니다."

그 이야기를 들은 남자는 고개를 갸우뚱거리며 생각했다.

'보리는 거칠고 흰색이 잘 나지 않으니 섞지 말고 그냥 쌀만 쓰면 벽이 더 하얗고 고르지 않을까.'

그는 자기집으로 돌아와 진흙에 쌀만 섞어서 담벼락에 발랐다. 하지만 벽면이 들쑥날쑥 고르지 않고 틈이 벌어지며 끝내 허물어졌다.

여기에 딸린 상가세나의 해석을 보면, 성인이 온갖 법을 닦아 죽은 후 천상에서 해탈을 얻는다는 이야기를 듣고 범부들이 스스로 제 몸을 죽여 천상에 날 것을 기대하지만, 헛되이 제 육신만 버리고 소득이 없는 것이 저 담벼락을 만드는 어리석은 자와 같다고 하였다.

과거 인도에서는 욕망을 극복하기 위하여 극도의 고행을 하거나 자신의 몸을 스스로 죽여서 해탈을 얻으려는 자가 많았다. 하지만 붓다는 거기에 반기를 들었다. 생과 사, 일상적인 삶과 극도의 고행 사이에서 중도를 취해야 한다는 것이다.

인생을 살아가는 세간(世間)법인 생멸문과, 세속을 벗어나 깨달음을 얻는 출세간(出世間)법인 진여문 중 어느 한쪽만을 취하려 해서는 안 된다. 중도를 취하여 수행을 하다보면 생멸문과 진여문이 둘이 아님을 알 수 있게 된다. 진여문이 곧 생멸문인 것이다. 하지만 두 가지 양상을 관찰할 수 있으므로 또한 하나도 아니다. 그것을 직관으로 체득하는 순간 깨달음을 얻게 된다.

옛날 어떤 여자가 눈병을 심하게 앓았다. 이웃 마을의 친구가 그녀에게 물었다.

"너는 왜 그렇게 눈병으로 고생하느냐?"

"눈이 있으니 눈병을 앓는다."

그러자 친구가 말했다.

"눈이 있으면 반드시 눈병을 앓는 것이 이치다. 나는 아직 눈병을 앓은 적이 없지만 내 눈을 없애서 나중의 병을 미연에 방지할 것이다."

이 말을 듣고 있던 마을 사람이 말했다.

"눈이 있으면 눈병을 앓을 수도 있고 앓지 않을 수도 있다. 하지만 눈이 없으면 평생토록 눈병을 앓는 것이다."

오늘날에도 어떤 나라에서는 맹장이 불필요한 것이라 하여 어린 나이에 떼어내는 수술을 유행처럼 시켰다. 그러나 맹장을 떼어낸 아이들이 자라면서 질병에 잘 걸리고, 맹장이 해독작용을 한다는 것이 밝혀지면서 일부러 맹장을 떼어내는 수술을 금하게 되었다.

이처럼 자연의 이치에 불필요한 것은 없다. 우리에게 일어나는 많은 일들도 우리에게 필요하기 때문에 일어나는 것이 아닐까?

그 옛날 외도에 빠진 수행자들이 천상에 태어나기 위해 자신의 목숨을 스스로 끊는 것이 어리석은 일이듯, 깨끗하고 청정한 진여문에만 연연하여 생멸문을 등지는 것도 어리석은 일이다. 생멸문이 곧 진여문이기 때문이다. 그 지혜를 알아야 여래장의 깨달음을 얻을 수 있다.

생멸, 진여의 두 가지 문(門)과 여래장의 관계를 바다에 비유하여 설명하자면 이런 것이다. 여래장의 이문(二門)인 진여와 생멸을 본질과 현상의 둘로 나눠서 볼 수 없다. 둘은 하나이기 때문이다. 바람이 불면 파도가 일지만 바람이 잦으면 다시 고요한 바다가 된다. 바람이 불지 않아 파도가 일지 않아도 바닷물은 여전히 존재한다. 바람은 우리의 마음이며 무명이다. 우리의 마음에서 무명의 바람이 일어날 때 여래장은 진여문과 생멸문의 두 가지 양상을 보이지만, 바람이 있든 없든 그것은 하나인 것이다.

영우 스님을 통해 깨달음을 얻은 앙산이라는 스님이 가을이 되어 스승인 영우선사를 뵈러 갔다.

영우선사가 앙산에게 물었다.

"여름이 다 지나도록 너를 못 봤구나. 어디서 뭘 했느냐?"

"작은 밭을 갈고, 한 바구니의 씨앗을 뿌렸습니다."

영우선사가 말했다.

"그럼 이번 여름을 헛되이 보내지 않았구나."

그러자 앙산이 물었다.

"스승님은 이번 여름을 어떻게 보내셨습니까?"

"낮에는 밥 먹고 저녁에는 잠을 잤다."

"그럼 스승님도 이번 여름을 알차게 보냈군요."

마음공부가 높은 경지에 이르면 우리의 일상생활에 늘 진리가 함께하는 것을 깨닫게 될 수도 있다. 평상심을 도로 즐길 수 있는 경지가 되는 것이다.

보물의 빛깔
— 최고의 수행법

옛날 한 도적떼가 많은 재물을 훔쳤다. 그들은 재물을 똑같이 나누려고 했는데, 마지막에 나눌 때 빛깔이 안 좋은 보물이 하나 있었다. 도적들은 그 보물을 무리 중 가장 어리석은 자에게 주었다. 어리석은 도적도 그 보물을 보고 화를 냈다.

"내가 제일 손해다."

그러나 그 보물을 어쩔 수 없이 나눠 받고, 성안으로 들어가서 팔았다. 그런데 뜻밖에도 그 보물은 다른 도적들이 얻은 보물의 몇 배나 되는 값어치를 받았다.

도적은 그제서야 한량없이 기뻐하며 그 보물의 가치를 알게 되었다.

여기서 가장 빛깔이 좋지 않은 보물이라는 것은 선행, 공덕이다. 수행을 하고 마음을 닦는 것, 지혜를 이루는 것만 큰 일인 줄 알고 작은 선행은 경시한다. 하지만 상가세나는 그 보잘것없어 보이는 작은 선행으로 천상에 나는 것처럼 큰 복을 받게 된다는 해석을 덧붙였다.

작은 선행도 가볍게 여기지 말라. 그 보잘것없는 보물이 나에게 큰 기쁨을 가져다줄 수 있는 것이고, 지관수행만큼이나 큰 지혜와 깨달음의 터전이 될 수 있다. 똑같은 이유로 작은 악행도 가볍게 여겨서는 안 된다. 지관수행만큼이나 이웃과 더불어 살아가면서 선한 공덕을 쌓는 것도 중요하게 여겨야 한다.

계정혜(戒定慧)를 삼학(三學)이라고 한다. 깨달음에 이르려는 자가 반드시 닦아야 할 계율과 선정(禪定)과 지혜를 말한다. 계율은 시대마다 조금씩 바뀔 수 있는 것이고 각자의 신념에 따라 다를 수 있으므로, 계율과 선행을 실천하고 공덕을 쌓음으로써 바꿀 수도 있을 것이다. 지혜는 마음공부에, 선정은 지관의 수행에 해당한다.

마음공부의 지혜, 지관의 수행, 선업을 쌓는 공덕을 통해 우리 모두 걸림 없는 대자유인의 경지에 이르는 진정한 자기변혁의 큰 깨달음을 얻을 수 있다.

70일간의 마음공부

천년 동안 마음에서 마음으로 전해진 이야기

초판 1쇄 인쇄 2016년 12월 16일
초판 1쇄 발행 2016년 12월 26일

지은이 송석구 김장경 ┃ **펴낸이** 염현숙 ┃ **편집인** 신정민

편집 최연희 ┃ **디자인** 신선아 ┃ **저작권** 한문숙 김지영
마케팅 방미연 최향모 오혜림 함유지 ┃ **홍보** 김희숙 김상만 이천희
모니터링 이희연 ┃ **제작** 강신은 김동욱 임현식 ┃ **제작처** 한영문화사

펴낸곳 (주)문학동네
출판등록 1993년 10월 22일 제406-2003-000045호
임프린트 싱긋

주소 10881 경기도 파주시 회동길 210
문의전화 031)955-1935(마케팅) 031)955-3583(편집)
팩스 031)955-8855
전자우편 paper@munhak.com

ISBN 978-89-546-4390-0 03810

* 싱긋은 출판그룹 문학동네의 임프린트입니다.
  이 책의 판권은 지은이와 싱긋에 있습니다.
  이 책 내용의 전부 또는 일부를 재사용하려면 반드시 양측의 서면 동의를 받아야 합니다.
* 이 도서의 국립중앙도서관 출판예정도서목록(CIP)은 서지정보유통지원시스템 홈페이지(http://seoji.
  nl.go.kr)와 국가자료공동목록시스템(http://www.nl.go.kr/kolisnet)에서 이용하실 수 있습니다.
  (CIP 제어번호: CIP2016030077)

www.munhak.com